魔法少女育成計画

episodesΔ

エピソーズ・デルタ

蜊

KL!
このラノ文庫

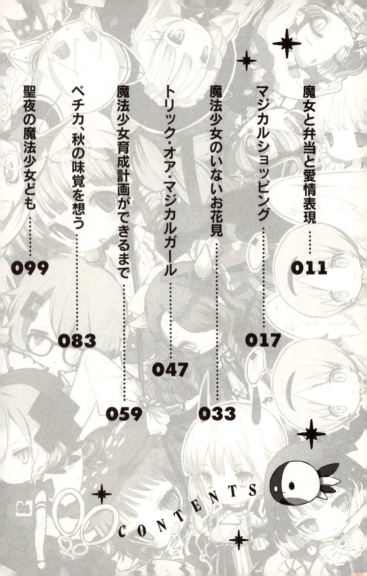

CONTENTS

※各作品の初出はそれぞれのタイトルページに記載してあります。

イラスト：マルイノ
デザイン：AFTERGLOW

シリーズのあらすじ

『魔法少女育成計画』 1

大人気ソーシャルゲーム『魔法少女育成計画』は、数万人に一人の割合で本物の魔法少女を作り出す奇跡のゲームだった。幸運にも魔法の力を得て、充実した日々を送る少女達。しかしある日、運営から「増えすぎた魔法少女を半分に減らす」という一方的な通告が届き、十六人の魔法少女による苛烈で無慈悲なサバイバルレースが幕を開けた……。

『魔法少女育成計画 restart』 2

「魔法の国」から力を与えられ、日々人助けに勤しむ魔法少女達。そんな彼女達に、見知らぬ差出人から『魔法少女育成計画』という名前のゲームへの招待状が届いた。死のリスクを孕んだ、理不尽なゲームに囚われた十六人の魔法少女は、黒幕の意図に翻弄されながらも、自分が生き残るために策を巡らせ始める……。

『魔法少女育成計画 limited』 3

「あなたたちは魔法の才能を持っているのよ」放課後の理科準備室に現われた妖精は、そう告げると室内にいた女子中学生達を魔法少女へと変えてしまった。「魔法少女になって、悪い魔法使いからわたしを助けて！」まるでマンガやアニメのような展開に、色めき立つ少女達。誕生したばかりの七人の魔法少女は、妖精に協力することを約束するが……。

『魔法少女育成計画 JOKERS』 4

加賀美桜は平凡な少女で、桜が変身する魔法少女「プリズムチェリー」は平凡な魔法少女だった。平和な町で、地味な魔法を使い、淡々と人助けを続ける日々に退屈していた桜は、ある日クラスメイトの青木奈美から声をかけられる。「加賀美さんさ、魔法少女だよね？　あたしもなんだ――」非凡な魔法少女「プリンセス・デリュージ」との出会いによって、桜の運命が動き始める……！

『魔法少女育成計画』

『魔法少女育成計画ACES』 5

盟友リップルの行方を探しながら「魔法少女狩り」としての活動を続けるスノーホワイトに、「魔法の国」の中枢たる「三賢人」の一人から呼び出しがかかる。指定された屋敷に赴いたスノーホワイトを待ち受けていたのは、高貴そうな雰囲気を身にまとった、幼い容姿の少女だった。少女はスノーホワイトに、とある魔法少女の護衛を依頼するが——。

『魔法少女育成計画QUEENS』 6

着々と進行するプク・プックの「魔法の国」救済計画。多大なリスクを孕んだその計画を阻止するため、そして囚われの身となったシャドウゲールを救い出すため、プフレは起死回生の一手を打つ。「儀式」を止めるため、立場を越えて力を合わせる魔法少女たち。しかし、その前に立ちふさがったのは——。

『魔法少女育成計画F2P』 オリジナルコミック

「魔法の国」の研究部門、人事部門に所属する魔法少女「すぴのん」と「アルマ」は、「人の死をキャンセルする」という非常にレアな力を持つ魔法少女の噂をうけ、調査、確保のためにF市へと向かっていた。ところがF市に到着した二人が見たものは、まったく想像だにしていなかった、市全域を覆う巨大な魔法結界だった——。

『魔法少女育成計画breakdown』 WEB連載

(http://konomanga.jp/manga/breakdown)

高名な魔法使いが、実験中の事故によって命を落とした。偉大な人物の死に、「魔法の国」の人々は嘆き悲しんだ。彼の死から数カ月。彼の代理人から、縁者たちに遺産相続の案内と招待状が届きはじめた。指定された場所は、故人が別荘兼研究施設として利用していた小さな無人島。権利者のひとりとして手紙を受け取ったマナは、その内容を訝しみながらも、熟慮の末に親しくしている二人の魔法少女に連絡をとった——。

ラ・ピュセル
岸辺颯太（きしべ・そうた）

剣の大きさを自由に
変えられるよ

魔法少女育成計画

マジカロイド44
安藤真琴（あんどう・まこと）

未来の便利な道具を
毎日ひとつ使えるよ

魔法少女育成計画

トップスピード
室田つばめ（むろた・つばめ）

猛スピードで
空を飛ぶ魔法の箒を使うよ

魔法少女育成計画

スイムスイム
坂凪綾名（さかなぎ・あやな）

どんなものにも
水みたいに潜れるよ

魔法少女育成計画

ヴェス・ウィンタープリズン
亜柊雫（あしゅう・しずく）

何もないところに
壁を作り出せるよ

魔法少女育成計画

ルーラ
木王早苗（もくおう・さなえ）

目の前の相手に
なんでも命令できるよ

魔法少女育成計画

キーク

電脳空間で
自由自在に行動できるよ

restart

ユナエル
天里優奈（あまさと・ゆな）

ミナエル
天里美奈（あまさと・みな）

好きな生き物に
変身できるよ

生き物以外の
好きなものに変身できるよ

魔法少女育成計画

魔法少女育成計画

※魔法少女名／本名（判明している場合）／初登場巻／所有魔法　を記載しています。

C　T　E　R　S

御世方那子《みよかたのなこ》
アンナ・サリザエ

どんな動物とも友達になれるよ

restart

リオネッタ
九条李緒（くじょう・りお）

人形を思い通りに操ることができるよ

restart

ペチカ
建原智香（たてはら・ちか）

とても美味しい料理を作れるよ

restart

プフレ
人小路庚江（ひとこうじ・かのえ）

猛スピードで走る魔法の車椅子を使うよ

restart

シャドウゲール
魚山護（ととやま・まもり）

機械を改造してパワーアップできるよ

restart

クランテイル
尾野寧々（おの・ねね）

半分だけいろんな動物に変身できるよ

restart

ウッタカッタ

不思議なシャボン玉を作ることができるよ

JOKERS

レディ・プロウド

自分の血を好きな液体に変えられるよ

JOKERS

物知りみっちゃん

手にしたものを別のものに変えられるよ

ACES

C H A R A

7753《ななこさん》
七谷小鳥（ななや・ことり）

相手の能力がわかる
魔法のゴーグルを使うよ

limited

テプセケメイ
メイ

風と同化してどこへでも行けるよ

limited

グラシアーネ

魔法の眼鏡で
いろんな場所が見えるよ

ACES

プリンセス・インフェルノ
緋山朱里（ひやま・あかり）

火の力を使って
敵と戦うよ

JOKERS

プリンセス・デリュージ
青木奈美（あおき・なみ）

水の力を使って
敵と戦うよ

JOKERS

マナ

呪文と儀式でいろんな魔法を使うよ

limited

魔王パム

四枚の黒くて大きな羽で戦うよ

limited

プリンセス・テンペスト
東恩納鳴（ひがしおんな・めい）

風の力を使って敵と戦うよ

JOKERS

プリンセス・クェイク
茶藤千子（さとう・ちこ）

土の力を使って敵と戦うよ

JOKERS

※魔法少女名／本名（判明している場合）／初登場巻／所有魔法　を記載しています。

C T E R S

下克上羽菜《げこくじょうはな》

感覚を
ものすごく鋭くできるよ

limited

森の音楽家クラムベリー

音を自由自在に
操ることができるよ

魔法少女育成計画

袋井魔梨華《ふくろいまりか》

袋井真理子（ふくろい・まりこ）

頭にいろんな魔法の
花を咲かせるよ

JOKERS

パトリシア

魔法の手錠で
どんな敵でも無力化するよ

ACES

アンブレン

嵩山美津（かさやま・みつ）

なんでも受け止める
魔法の傘を使うよ

JOKERS

スタイラー美々《みみ》

魔法のコーディネートで
身だしなみを整えるよ

JOKERS

ファン・リート・ファン

魔法の鉄扇を使うよ

F2P

ステラ・ルル

小山内馨（おさない・かおる）

どんな道具でも
すぐに使いこなせるよ

F2P

スノーホワイト

姫河小雪（ひめかわ・こゆき）

困っている人の
心の声が聞こえるよ

魔法少女育成計画

C H A R A

魔女と弁当と愛情表現

『魔法少女育成計画』の物語の真っ最中に起きていたお話です。

初出
『特別編集版　魔法少女育成計画』
ゲーマーズ購入特典

室田《むろた》つばめ十九歳には、主婦として夢見ていたことが一つあった。

夫が弁当を忘れてしまい、気づいた妻が慌《あわ》てて追いかける。

「おお、ありがとう。危うく昼飯抜きになるところだった」

「もう、うっかりは家にいる時だけにしてよね」

こんな遣《や》り取りをしてからちゅっと軽いキスをして別れる。フィクションではたまに見るが、現実でしている夫婦がいるかどうかまでは知らない。しかしその非現実性は憧れるに充分な破壊力を秘めていて、いつか機会があればやってみたいと願っていた。

ガラじゃないのは自覚している。だがそもそも魔法少女なんてものが、つばめのガラではないのだから問題はない、はずだ。恥ずかしいから誰にも話しはしないが、スウィートも魔法少女も好きなのだから仕方ない。

そして機会がやってきた。選挙が近いということで、役所勤めの夫は事務や雑務に動員されて猛烈に忙しくなる。朝も馬鹿早く、お役所仕事という言葉とは裏腹に早朝五時から出勤、可能な限りこき使われてから帰ってくる。そんな忙しさの最中だからだろうか。普段は嫌味なくらいにしっかり者の夫が、つばめの作った弁当をテーブルの上に置き忘れて出勤してしまった。

つばめがそれに気付いたのは、夫の出勤から五分後だ。精魂込めて作った美味《うま》い弁当——ミートボールは肉をこねるところから作った——を蔑《ないがし》ろにしてとしばし憤慨し、それから「憧れを現実に再現するチャンスでは？」と思い直した。

夫、昇一《しょういち》は自転車で市役所に通勤している。学生の頃バイト代を溜めて購入したロードサイクルは、その後もカスタムされ続けただけあって相当に速度が出た。勝手知ったる通勤路、十五分あれば勤め先に到着してしまうだろう。

普通の主婦なら自家用車をもってしても追いつくことは難しい。しかし、つばめは普通の主婦ではなかった。奥様は魔法少女だったのだ。

魔法少女「トップスピード」に変身、右手に弁当、左手に魔法の箒《ほうき》「ラピッドスワロー」を掴んでアパートの窓から飛び出した。ラピッドスワローの最高飛行速度は自転車どころか戦闘機を超える。

土地勘もバッチリだ。伊達《だて》に地元で走り屋をしていたわけではないのだ。昇一が選択するであろう通勤路も予想できる。

高空へ上がり、飛んだ。この時間帯なら少々派手に動いても人の目が少ない。

魔法少女の視力で下界を見下ろし、自転車を走らせる昇一を発見、先回りして一気に下りる。目撃はされぬよう路地の横手に入り、変身を解除し室田つばめに戻り、距離を確認。自転車に乗る昇一とは充分に離れている。あまり近くから顔を出して、驚きのあまり自転車が横転でもしては困る。ちょうどいいタイミングで姿を見せ、「おーい。弁当忘れてるよー」と弁当を差し出す。なるだけ自然な感じ、先回りしているのが当然な風を装う。

「……どうやって追いついたんだ？」

「色々あってなんとかね。それじゃいってらっしゃい」

弁当を手渡し、空気を一息吸いこみ、思い切って顔を寄せ、唇を軽く重ね、慌ただしく路地の横手に戻った。頬の熱を自覚している。ただでさえ照れ臭いのに、顔が赤いのまで見られたくはなかった。似合わない行為であるのは知った上でやっている。

困惑する夫が目に浮かんで自然と笑みがこぼれてしまう。

気恥ずかしさはあるが概《おおむ》ね満足といっていい。次は弁当抜きでいってらっしゃいのキスに挑戦してみようかな、そんなことを考えながらトップスピードは自宅へと飛び去った。

◇◇◇

猛スピードで空を飛んでいく箒の魔女の後ろ姿を確認し、昇一は職場の方向へと向き直りペダルに足をかけた。しかし、それにしても、と思う。

――どうしてつばめはあれでバレないと思うんだろうか。

魔女に変身して箒に跨り出かけていくところを今までも何度か目撃している。最近市内で噂されている魔法少女というやつだろう。一ヶ月ほど前に初めて見た時は驚いたが、学生時代好んで見ていた海外ドラマにそっくりのシチュエーションだったせいか、すぐに慣れて受け入れてしまった。

　本人は秘密にしようとしているらしいから指摘はしない。昇一はそこまで意地悪ではなかった。意地悪した時のリアクションがとても可愛いため、つい意地悪したくなるが、それを抑えるだけの理性は持っている。

　つばめは昔から抜けているところがあった。なにをしているかは知らないが、本人が楽しそうだからいいのだろう。それに昇一もけっこう楽しい。

　唇にはまだ感触が残っている。普段のつばめとは違う、こういう「いってらっしゃいの挨拶」も悪いものではない。昇一は再びペダルを漕ぎ出した。

マジカルショッピング

『魔法少女育成計画』のゲームが
始まるそこそこ前のお話です。

初出

「マジカロイド44の未来アイテム
『対ボス戦専用マジックアイテム作成キット』
で作られたアイテム詰め合わせ！」略して
『魔法少女育成計画 C88 英雄志願者のための
スーパー魔法少女セットデス！』
（ツクルノモリ株式会社）先着特典

☆前回までのあらすじ

友人の依頼を受けてレベル上げに勤《いそ》しんでいたソーシャルゲーム「魔法少女育成計画」によって魔法少女「マジカロイド44」になってしまった安藤真琴《あんどうまこと》。現在絶賛家出中で生活費を必要としていた真琴は、魔法少女の力で金儲けをしようと目論《もくろ》んだ。

恋人を魔法少女業に引きずりこもうとしていた魔法少女「シスターナナ」をカモに、一日一個未来の魔法少女アイテムを売りつけて金をせしめていたマジカロイドだったが、ある日ナナの恋人は本当に魔法少女になってしまう。

シスターナナという太客《ふときゃく》を失い、悲嘆《ひたん》にくれるマジカロイド。だが嘆《なげ》いているばかりで飯が食えるわけではない。

頑張れ！　負けるな！　未来のロボット型魔法少女マジカロイド44！

◇◇◇

「今日お持ちしましたのはこちらの商品になりマス」

「これが？　普通のトートバッグに見えるけど」

来週の木曜日はスノーホワイトの誕生日だそうだ。彼女のパートナーであるラ・ピュセルは感謝の気持ちを込めてプレゼントを贈りたいと考え、なにか良いものはないだろうかとマジカロイドに相談した。マジカロイドにとっても絶好のチャンスである。ぜひとも「良いもの」を売りつけたい。それならばお任せくださいとアイテムを揃えて倶辺ヶ浜《くべがはま》の鉄塔まで駆けつけたわけだが、ラ・ピュセルの反応は芳《かんば》しくない。商品を訝《いぶか》しんでいることが言葉からも態度からもありありと透けて見える。

単純に、商品の見た目が魔法のアイテムに見えないから信用し難《がた》いのだろう。その点については、マジカロイドのプレゼンテーションでしっかりフォローするしかない。シスターナナを相手に作り上げたビジネスモデル「ご贈答《ぞうとう》用として魔法アイテムを売りつける」メソッドをきっと成功させる。

空が赤から黒に変わろうかという夕暮れ時、ラ・ピュセルは鉄骨に腰掛け、マジカロイドはブースターで浮遊しながら、鉄塔の頂点付近で商品の売りこみが始まった。

「見た目で判断していただいては困りマス。シスターナナから話聞いてないデス？　ウィンタープリズンが魔法少女になったのもワタシの未来アイテムがあったからこそデスよ」

「一日で壊れるって聞いたけど」

「今回は違いマス。未来アイテム『対ボス戦専用マジックアイテム作成キット』で作られたアイテムの数々なのデス」

「それっていつものとなにが違うんだ？」

「確かにワタシのアイテムは一日で壊れマス。それは認めまショウ。デスが、アイテムにより生み出された結果は残り続けるのデス。『トッププロと同じレベルで漫画が描けるペン』は一日で壊れマスが、ペンにより描かれた漫画は残り続けるという理屈デスね。つまり『対ボス戦専用マジックアイテム作成キット』によって生み出されたマジックアイテムも壊れることはないのデスよ。どうです素晴らしいでショウ」

「よくわからないけど壊れないということはわかったよ」

「そのアイテム全て纏《まと》めて今ならたったの五万円」

「五万円はちょっと」

少しは興味を持ってくれたらしいラ・ピュセルが猛烈な勢いで後方へ退《ひ》いていく気配を感じた。マジカロイドは心の中でリップルばりに激しく舌打ちをした。チャットで話した感じ、ラ・ピュセルは学生だ。リアルタイム視聴していた魔法少女アニメのタイトルでその辺は推測できる。学生相手の商売としては値段設定が高過ぎたか。

「今回に限ってさらに半額！　驚きのマジカロイドプライス！　二万五千円で提供させていただいておりマス。チャンスはいまだけ」

「二万五千円でも高いな」

「シスターナナの時は一日で壊れるアイテムが一万円デスよ？　ずっと使えるアイテムが二万五千円ならお得と思いませセン？」

「なんか妙にガツガツしてないか？」

人差し指で額を二度ノックした。焦《あせ》っているという自覚はある。ラ・ピュセルを相手にするならもっと軽いトークで煙《けむ》に巻いたほうがいいんじゃないかという思いもある。だが時間が無い。

まるでラ・ピュセルの言葉を聞かなかったかのようにマジカロイドは話を続けた。

「イエイエ。今回は二万五千円でも大変なお値打ち価格となっておりマス」

「どういうこと？」

「なんと！　このトートバッグにマジカルアイテムが全部で五つ入っているのデス！　これがあれば君も今日から主人公、英雄志願者のためのスーパー魔法少女セットデス。スノーホワイトもきっと大喜びするはずデスよ」

特別、いつもより多い、お得、限定品、この場限り、そういった言葉の数々が、人々の購買意欲を刺激して財布の紐を緩めるのだ。とにかく、今、売らなければならない。おべんちゃらでも過剰広告でも使えるものはなんでも使う。

「これを逃したらもう二度と手に入らないスペシャルなアイテムをご紹介しマス。その上で値段が高いのかどうかを判断していただきたいデスね」

マジカロイドはトートバッグの中から商品を一つ取り出した。可愛らしい妖精のイラストが描かれたコルクのコースターだ。

「『絶海《ぜっかい》コースター』デス。完璧な耐水性を実現していマス」

「コースターが耐水性なのは当たり前じゃないか」

「水だけでなくウォーターサイドのものは全て弾《はじ》きマス。魚とか貝とかイカとかタコとかイルカクジラシャチ、あとは水着を着ている人も弾きマス。パーフェクトな耐水性デス」

反応が無い。への字に閉じた口の奥から「うーん」と唸《うな》る声が聞こえてきそうだ。あまりよくない反応であることを察し、マジカロイドは次の商品を取り出した。

「お次はこれ。『ヘアディフェンダーシール』デス」

台紙の上に幾人《いくにん》ものキャラクターイラストが描かれていた。それらのキャラクターは魔法少女らしい風体で、しかし既存のキャラクターではない。

「知らないキャラだな……でもちょっと気になる。テレビには出てない。漫画でもないと思う。ゲームかライトノベルかな」

「まあその辺はね、どこのキャラでもいいんデス。問題となるのは魔法の効力。なんとこのシールをぺたっと貼りつけておくだけで髪を盗まれることがなくなるのデスよ。髪を奪おうと手を伸ばした変質者は、シールの可愛らしさに惹かれ、思わず髪ではなくシールの方を盗んでしまい、それで満足するという摩訶《まか》不思議なシールなのデス」

「ボスと戦うためのアイテムなんだよね？　変質者って……」

「はいはいはい。大丈夫デスよ、アイテムはまだまだありマスからね。お次はこれデス」

次に出てきたのは使いやすそうなノートだ。

「『ですノート』デス」

「えっ、それって」

「このノートに名前を書かれた人は……」

「し、死ぬのか⁉」

「死ぬわけないでショウ。名前を書かれた人は、喋り方から特徴がなくなりマス」

「なにそれ」

「訛《なま》りが強くて会話できないような人にでも使ってあげてくだサイ。喋り方から特徴が無くなると同時にボスとしての貫禄《かんろく》とか威厳《いげん》とかも失ってボスっぽくなくなりマス」

「それ、嫌がらせ以上の意味あるの？」

「さあ？　意味はともかく誰もが聞き取りやすい完璧な『ですます口調』になりマス。それ故《ゆえ》についた名前が『ですノート』というわけデス」

「マジカロイドの名前を書くと普通の喋り方をするようになるのかな」

「……では次のアイテムいきましょう。次はこれデス」

次もまたシールだったが、先ほどの物とは違い、かっちりとした長方形いっぱいに二人の魔法少女がでかでかと描かれていた。

「『アンチマインドアタックステッカー』デス。ＩＣカードステッカーというやつデスね。

クレジットカードなんかにこのシールをペタッと貼るとアナタだけのオリジナルカードが作れるという寸法《すんぽう》デス。おっと、勿論《もちろん》魔法のシールデスから特別で素敵な魔法が働いていマスよ」

「髪を盗まれなくなるんだろう？」

「それはさっきのシール。このシールは違いマス。このシールをＩＣカードに貼るとデスね、なんとなんと、他人の感情に引きずられることがなくなるのデス」

「……ええと、よくわからないんだけど」

「カード破産という言葉を聞いたことないデスか？　自分の分を超えたお金を使えてしまうからこそ起こる悲劇デス。あれが欲しい、これが欲しいという誰かの思いに引きずられることがなければ浪費《ろうひ》もそれだけ抑えられるのデス。他人の感情に引きずられることがないおかげで自分の勘定に滅ぼされることもないというわけデスね。ハハハ」

「今のひょっとして感情と勘定をかけて」

「はい、次いきマスよ。このクリアファイルをご覧くだサイ」

魔法少女らしきキャラクターが幾人《いくにん》も描かれ、という形としては先ほどの「髪を盗まれないシール」に似ていたが、中に紙類を挟むことができる作りになっている。

「この『記憶保護ファイル』に、まあなんでもいいんで大事なことを書いて挟んでおくとですね、それについて勘違いすることがなくなるのデス」

「住所とか電話番号を忘れなくなるってことかな？」

「自分が話す言葉は英語だったかな、それとも日本語だったかな、とかデスね」

「それは忘れないいんじゃないか」

「世の中にはとんでもないうっかりさんもいるのデスよ。倒すべき敵のことを尊敬する先輩と勘違いしてしまったり、そういうことがないともいい切れないでショウ？」

「ないと思うけど」

「まあそうデスね。ハイ、確かにないデス。んなこた、ワタシだってわかってるんデスよ、ええ。でもデスね、世の中にはもしもとかひょっとしてとかそういうことだってあるのデスよ。では次。一番最初のこれ」

シンプルなコットンバッグは、見る者に清楚《せいそ》で清潔な印象を与えることだろう。

「この『草原の貴族仕様コットンバッグ』は、ノーブルな佇《たたず》まいによって持ち主をもノーブルな存在にしてしまうのデス。わかりやすくいえば、これを持っているだけで完璧な礼儀作法を身につけているものとして扱われるようになるのデス」

「持っているだけで礼儀作法が身につくのか？」

「違いマス。あくまでもそう扱われるだけデス。実際は礼儀作法なんて身につきまセン」

「ええぇ……それ、意味ないだろ」

「いや、ほら、そこはその、アレデスよ。とりあえずその場でマナー知らずと怒られることはなくなりマスから、一時しのぎにはなるはずデス」

「でもなあ……」

「まあまあ。まあまあまあ。礼儀作法については全て見逃してもらえるアイテムだと思えばどれほど便利かおわかりになるでショウ。どんなに厳しく頑固な面接官にも無礼者扱いされるということはなくなるわけで」

「それならちゃんとマナーを学んでおけばいいんじゃないか？」

「いや、そういったものでもなくてデスね」

「そもそもスノーホワイトの誕生日プレゼントにボス戦専用アイテムってズレてる気がする。彼女、倒すべき悪がいてそれと戦うような……キューティーヒーラーとかスタークィーンに登場するタイプの魔法少女じゃないだろ」

「古き良き時代は既に彼方《かなた》。魔法少女といえばバトル展開デスよ。ボスと戦う機会だってこれからあるでショウ。ええ、きっとありマス」

「ボスと戦う、ねえ……ボスと戦う武器とは思えないものが多くない？　もっとビームとか出したり、分身したりとか、そういうのが必要じゃないか？」

「イエイエイエイエイエ。世の中、なにがどう役に立つかわかりませンよ。耐水コースターがあったから強力なボスキャラをやっつけた、ということが絶対にないわけじゃないデス。それに他人の感情に影響を与える敵なんていかにもいそうじゃないデスか」

「ああ、それは、まあ、いるかもしれないか」

「あとは訛りの強い敵とか、勘違いさせる敵とか、礼儀作法にうるさい敵とか」

「それはない」

マジカロイド自身も「流石《さすが》にこれはちょっと苦しいだろう」という説得を繰り返したが、ラ・ピュセルが態度を軟化させることはなく、断腸《だんちょう》の思いでさらなる半額サービスを提案するも首を横に振られ、「そろそろスノーホワイトが来る時間だから」「必要かどうかは考えておくことにする」とやんわり断られてしまった。

マジカロイドは溜息とともに鉄塔を後にし、鈍色《にびいろ》の空の下、目的地へと飛んだ。

高高度高速度で市街を縦断し、人目を警戒しつつ住宅街で降下、児童公園の裏手に降り立った。変身を解除し、安藤真琴に戻ってから公園の中へ入る。陽は既に落ちている。公園の街灯には陰気な紫色の明かりが灯《とも》り、周囲をぼんやり照らしていた。

街灯の横、曲線のみで作られた木製のベンチに小学校低学年くらいの少女が腰掛けている。

「ちょっと待ってて」という約束はしっかりと守っていたようだ。先程までは足元を見つめ泣いていた。今も足元を見つめ泣いている。長い髪が肩から両脇へと流れ、服装は全体的に色が地味で、公園や街灯といった背景まで全て含めて本当に辛気《しんき》臭いな、と思っていても真琴には指摘する権利が無い。

真琴は溜息を堪《こら》えて少女の隣に腰掛けた。

「ごめんね。お金、やっぱり手に入らなくて」

少女はしゃくりあげながら涙を流している。手に持った紙箱は潰れ、泥塗《まみ》れになっていた。中身も同じようになっていることは開けてみなくてもわかる。母の誕生日にプレゼントをするため、貯めていたお年玉で購入した時計、とのことだ。

コンビニバイトの帰り道、魔法少女であることを金儲けに利用するためにはどうすればよいか、といったことを考えながら歩いていたせいで周囲への注意が疎《おろそ》かになっていた。真琴が少女に肩をぶつけ、そのはずみで少女は時計の箱を取り落とし、箱は車道へ転がり、軽トラックに踏み潰された。そして今に至る。

宥《なだ》めたりすかしたりして事情は聞いている。誕生日は今日だ。今日中にプレゼントしなければならない。時計を買い直すとしても現金が無い。真琴も持っていない。シスターナナからせしめた金は全て定額貯金にしてあるため、四時を過ぎれば翌日まで下ろせない。

誰かから金を借りる？　それは真琴の信念に反する。絶対に嫌だ。

ならば換金できるような物は、と考えた時に思い当った。先日変な未来アイテムを引いた時にちょいちょいと作ったマジックアイテムの数々を魔法少女仲間に売りつければ、と。だがそれも失敗した。時間に追われ焦っていたせいでセールストークが雑になったのが悪かったからか、ラ・ピュセルの財布の紐がガチガチに固かったからか、そもそも商品がスノーホワイト向きではなかったからか。少女は未だ泣いている。

いっそ放って逃げてしまいたいが、それもできない。真琴は唇を強く噛み、立ち上がった。手にはナチュラルカラーのコットンバッグを持っている。ポケットからメモ帳とペンを取り出し、使い方についてさらさらと書き綴《つづ》り、バッグの中に落とした。

「絶対に誰にもいわないって約束してくれるなら……良い物あげようか？」

少女が顔を上げた。涙は未だ流れ続けていた。真琴は思う。救いを求める顔というのはこういうものなのだろうか。

◇◇◇

一週間後。

コンビニバイトの帰り道、バイトを辞めて魔法少女一本で食っていくための方法を頭の中で模索《もさく》しながら歩いていると後ろから声をかけられた。「ねえ」という声に反応し、振り返るとそこには見覚えのない小学生がいた。前後左右を見回しても他には誰もいない。少女は真っ直ぐに真琴を見ている。明るいオレンジ色のランドセルを背負っている。

「私？」

「お姉ちゃん、あの時は本当にありがとう」

ぶんと長い髪を振り上げ、頭を下げた。真琴は、ああ、と思った。あの時の少女だ。泣き顔しか見ていなかったから気付かなかった。ランドセルを背負って髪を纏めていると雰囲気が明るい。というより表情が明るいのだろうか。

「お母さん、すっごい喜んでくれて」

「え？　そうなの？　あれで？」

「だってすごいもん、あれ」

「いや、すごいかもしれないけどさ。でも使い道ないよね？」

「あるよ、あるある。コースターで野菜の水を弾いたり、後は洗濯物の水を絞ったり。あれって特別な素材を使ったりしてるんでしょ？」

いわれてみると、ああ、そういう使い方もあるなあ、と思えなくもない。

「お母さん、寝てる時に弟から……弟はまだ二歳なんだけどね、髪をむしられることがあって困ってたんだよ。でもシールを貼ればそれも無くなって」

「ああ、そういう」

「クリアファイルに月の予定を挟むようになってからうっかり忘れるってこともなくなったんだって。忘れっぽくて慌ててばっかりだったのに」

くすくすと笑う少女は本当に幸せそうだった。

「コットンバッグもＰＴＡの会合に持っていったら受けが良かったって」

「ああ、そうだろうね」

「カードにシールを貼ってから無駄遣いが減った気がするっていうのも」

「それは正当な使い方かもしれない」

「あ、でも、これなんだけど」

背負っていたランドセルを前に回し、中を漁《あさ》って一冊のノートを取り出した。

「ノートなんだけど……訛りは別に悪いことじゃないってお母さんがいうの。方言が消えていくのは文化が消えていくとかそういうことといってた。よくわかんないけど」

「そういう考え方もあるか」

「だからこれはお返ししますって。ごめんね、せっかくくれたのに」

更にアイテムの素晴らしさについて一しきり話し、髪を振り上げるお辞儀《じぎ》を二度三度繰り返し、少女は去っていった。少女と別れた帰路の途中、真琴は路上に停めてあった車のガラス窓に映った自分の顔を見た。微《かす》かに、ではあるが、真琴も笑っていた。


その日の晩。戻ってきたノートを開き「ファヴ」と書いてから魔法の端末を起動した。

「ファヴ、ちょっといいデスか？」

マジカロイドの声に反応し、白黒二色の立体映像が画面から浮かび上がった。

「なにかご用ですか？」

「ああ、なるほど……効果のほどは……ふっ、把握できマシタ。どうもありがとう」

「いえいえ、御礼をいわれるようなことはなにも……どうかしました？」

腹を抱え肩を震わせているマジカロイドに対して心配そうに話しかけるファヴはかえって笑いを誘い、マジカロイドはいよいよ苦しくなり「大丈夫大丈夫」と右手を振った。

魔法少女のいないお花見

『魔法少女育成計画』のゲームが始まるだいぶ前のお話です。

初出

『魔法少女育成計画スクールカレンダー2016』
（ツクルノモリ株式会社）
付録小説本『魔法少女育成計画 circle of life』

上を見た。薄桃色で青空が透けて見えそうに淡い桜の花が枝いっぱいに広がっている。はらり、と一枚の花弁が落ちた。ひらり、ひらり、とゆっくり、ゆっくり、落ちて、早苗《さなえ》の額に、ぽん、と乗った。枝いっぱいに咲き誇った桜の花全体がこちらに迫ってきているような気がした。軽い眩暈《めまい》を覚えて目を瞑《つむ》った。どれだけ美しい花だとしても、これだけ数があるとグロテスクにさえ思える。

以前はそんなことを考えたりしなかった。桜を眺《なが》め、桜について考えるよりもやらなければならないことが山積《さんせき》していた。今の早苗には桜の花弁が落ちる様《さま》をのんびり見続けていても良い時間的な余裕がある。つまりは不遇をかこっている。

研修期間終了後、配属されたのは第一希望の花形部署だった。俄然《がぜん》やる気になった。睡眠時間を削り、通常業務の合間を縫って、細かな部分から大きなものまで無駄をピックアップした。ここを修正すればコストカットできる、という点は少なくなかった。使えないアライアンスを切って、より高効率のアジャイルを生み出すスキームがあった。

会心の出来栄えだった。が、配属一週間後に現状の問題点をレポート形式で纏めて提出した時の上司は汚物でも見るような目を早苗に向けた。採用はされず、それ以来、上司や先輩となにかある度衝突《たびしょうとつ》するようになり、早苗には「面倒なやつ」のレッテルが張られた。

愚かな上司の下についたのが不運だった。あの男は、現状が良ければそれで良い、変革は失敗の始まりであると頑《かたく》なに信じている馬鹿者だ。ボトルネックだ。出世への足掛かりとなるはずだった第一歩は、早苗を奈落《ならく》へと落とした。地方都市の連結子会社に回されたのは幹部候補生によくあるドサ回りなどではけしてない。

N市の営業所勤務となった早苗は「誰でもできるような仕事」ばかりやらされている。唇を噛み奥歯を軋《きし》ませてそれに耐え続け、とうとう今日の仕事は「花見の場所取り」だった。

学生時代も苛々《いらいら》することは多かったが、就職してからはより増えた。より高みへ、より狭き門へと進んでいるはずなのに、前にいけば前にいくほど周囲の抵抗が強く大きくなる。難しい学校だろうと日本有数の総合商社だろうと「無能な人間」は絶対に存在し、早苗の足を引っ張る。

木王《もくおう》早苗は小学生の頃から正しいことを正しいと主張する生き方で通してきた。抜群の記憶力と知性が早苗の正しさを後押ししてくれた。受験でも各種資格試験でも全てにおいて早苗は勝者だった。最高学府でトップクラスに位置している者が発言すれば、それは正しい発言になる。いつだってそうだった。

だが今の早苗が勝者かと問われれば、そんなことはない。

国外に出ていれば同じ行動をとっていても評価は違ったかもしれない。国内でも外資系なら違ったかもしれない。いや、そもそも人の上に立つ器《うつわ》ではない馬鹿が年功序列という悪しき旧習によって上の役職についていなければ良かった。

馬鹿のせいで負けたのだと認めるのだけは絶対に嫌だったし、新卒で入ったそれなりの企業からランクを下げて転職するのも負けという気がする。自分のせいで失敗したというのはまだ許せるにしても、馬鹿のせいで負けたというのは絶対に許せない。もし今の会社を辞める時があるとすれば、辞めた方が益になる時だ。

依怙地《えこじ》なのではない。少しだけ潔癖なだけだ。悪いことをしていない自分が損を引くことに我慢ならない。潔癖だからこそ、現状に不満があっても与えられた仕事には――たとえ「誰でもできるような仕事」であっても全力を尽くしてきた。

お茶汲《く》みを任せられれば、安物の茶葉を少しでも美味《おい》しく味わうことができるようネットで検索し、図書館でそれっぽい本を漁《あさ》り、淹《い》れ方や注ぎ方を工夫した。コピー係をいいつけられれば、コピー機のマニュアルを丸々精読《せいどく》することから始め、日々のメンテナンスからサービスマン顔負けの修理までできるようになった。

今回の場所取りもそうだ。最も良い場所を探すため、折り畳み式の自転車を駆ってN市を回った。人に知られていない穴場、それでいて名所に負けず桜が美しい場所でなければ早苗がこの仕事をする意味が無い。ネットで調べても出てくるのは有名どころばかり、探すためには足を使う必要がある。合併によって無駄に広くなっているN市を回るのは本当に疲れた。太腿《ふともも》脹脛《ふくらはぎ》もパンパンに張り、膝は笑って翌日丸一日立ち仕事ができなくなった。

　それだけの時間と労力を引き換えにして見つけた城南公園は全てにおいてパーフェクトだった。歓楽街の中心部、ビルに囲まれる中に、ぽつんと穴が開いたように人の少ない空間がある。五十センチ間隔という密度の高さで競い合うように桜が咲き誇っていた。全くの無人ではなく、早苗以外にビニールシートを敷いている者もちらほらいるが、市内の中央公園に比べればごくごく少数に過ぎない。場所取りなどしなくてもいいくらいだが、全力を尽くす。本日の終業時間まではここを死守する。

　少しヤケクソになっている気がしなくもない。

　首を振った。ネガティブは成功を遠ざける。バッグの中からスマートフォンを取り出し、アプリケーションを起動した。最近になって始めたゲーム「魔法少女育成計画」だ。

　学生時代からテレビゲームというものをしたことは一度も無かった。時間の無駄のために金を払うのは馬鹿のすることだと思っていた。だが今の早苗には時間がたっぷりあり、そして解消すべきストレスもたっぷりある。それでもゲームなんて、と思っていたはずなのに、気が付いた時にはスマートフォンを握ってゲームアプリをダウンロードしていた。始めてみれば、ゲームは努力した分だけ報《むく》われた。現実世界より余程優しい。だからゲーム中毒者がいなくならないんだな、と考え、今の自分を思って自嘲《じちょう》した。

　魔法少女育成計画を選んだ理由は「無料だったから」以外にない。魔法少女への憧れを抱くような年齢ではない。疑うことなく魔法少女の実在を信じていたのは、精々《せいぜい》幼稚園年少までだ。当時の早苗は努力すれば魔法少女になれると信じていたが、努力したからといって魔法少女になれるわけではなかったのだということを現在の早苗が証明している。思えばあれが早苗にとって初めての挫折《ざせつ》だったかもしれない。

画面内に光が走り、チューリップ畑を背景に可愛らしい魔法少女のアバターが現れた。星のティアラ、鷲《わし》の王笏《おうしゃく》、皇帝のマント、シンデレラのガラスの靴、ゲーム内であればアバターを見ただけで道を開けたくなるほどのレアアイテム尽くめだ。

たとえゲームでも、やるからには真剣に、本気でやる。

魔法少女の名前はルーラ。支配者、王者を意味するRuler からつけたが、それを察してくれる者はいない。ゲーム内でチャットを開き、ルーラの名を目にした他のプレイヤーは「街から街に一瞬で移動できるのは便利ですよね。あ、でも部屋の中で使うと頭ぶつけるのは嫌だなあ」こんなことばかりしかいわない。馬鹿にもわかるように名前を付ければ良かったと後悔したが、魔法少女育成計画には一度付けた名前を変更する機能が無い。

どこへ行っても馬鹿ばかり。世界はその殆《ほとん》どが馬鹿で構成されている。

今日、金曜日は新しいイベントがスタートする。開始時間はもうすぐ、およそ三十秒後。まずはイベントの内容を確認後、自分だけでやれるものなら即全力ダッシュ、他人の手が要るなら必要なだけ集めてから昼間のうちに先行する。魔法少女「ルーラ」のコスチュームは、見る者が見れば「できるやつ」だということがわかる。一緒にイベントをやる人この指とまれとでもやれば雨後の筍《たけのこ》よりも多くの希望者が殺到し、その中から使えそうな者を取捨選択すればいい。

馬鹿でも無能でも、レアな魔法や高い戦闘力を持っていれば良い駒になる。優れたリーダーに率いられれば実力以上の力を発揮することもできよう。

ではイベントを確認、とウィンドウを開いた瞬間、大音量の起動音が周囲に響いてぎょっとした。起動音が鳴る、ということは有り得ない。早苗は普段からサイレントモードで魔法少女育成計画をプレイしている。この年齢でゲームなんて幼稚なことをしているところを誰かに知られたら生きていけないレベルの大恥だからだ。

他の誰かに聞かれてはいないかと周囲を見回し、起動音の原因を知った。早苗の身長三つ分ほど離れたベンチに座っている女性がスマートフォンを睨《にら》んでいる。顔に反射して映る光は魔法少女育成計画のものだ。開始時間を見計らってミッションの確認をしたため、ほぼ同じタイミングで音が鳴り、勘違いしてしまった、ということだろう。

大股を開いてベンチに座っていた中年女性は、ヒョウ柄のロングTシャツを着てろくに化粧もせず目つきが悪く髪は根元だけ黒くて残りは茶色というプリンヘア、手元にはワンカップという、あまりにあまりな風体《ふうてい》だった。これが近くにいると知っていれば、もっと別の場所に陣取っている。早苗の後からやってきて、いつの間にかベンチに座っていたらしい。花見が始まるまでにどこかへ行ってくれないかなと願いつつ、絡まれたくはないため、さっさと視線を外した。

同じ魔法少女育成計画プレイヤーだったらしいがシンパシーは感じない。無課金ということは、ああいう底辺の連中が群がるということなんだなあ、と思うだけだ。これだからゲーム内にも馬鹿ばかりが増えていく。

ちょっと周囲を眺めてみれば、ちらほらといた花見客の殆どが、桜ではなくスマートフォンの画面を見ていた。

中年女性の隣のベンチに腰掛けてスマートフォンに向かっているのは中学生くらいの男の子だ。髪型、体格、雰囲気、それに足元にサッカーボールがあるという見るからにスポーツ少年がスマートフォンに掛かり切りになっている。

そこから少し離れ、桜の木に寄りかかっている背の高い少女。市内でもそこそこレベルが高い進学校の制服を着ているが、こちらもスマートフォンに熱中している。

向こうの子供は私立小学校の制服を着ていた。まだ一年生か二年生くらいにしか見えないのに、友達とも遊ばずにスマートフォンでいいのか。親はいったいなにをしているのか。

そのまた向こうにはカップルが――

――おおっ。

思わず息をのんで二度見した。一人用のレジャーシートを敷き、その上に一組の男女がぴったりとくっついている。お互いにスマートフォンを覗《のぞ》き合い、囁《ささや》き合い、笑い合い、本来なら目の毒になるようないちゃつきぶりだが、男の方がすこぶるつきの美形だ。線が細く、口元に浮かんだ涼やかな笑みから漂《ただよ》う色気はまるで女のそれだ。

アイドル、役者、その辺を探してもあれほどの美男はそういない。ああいう男が傍《かたわ》らで「早苗の良さは俺だけが知ってればいいだろ」とか「桜見てるより早苗見てた方が楽しいからさ」と囁いてくれたら、つまらない花見の場所取りでもきっと面白おかしくやれることだろう。

じろじろと眺めないよう気を付けて目の保養を楽しみ、そういえばと女の方にも目を向けた。どこにでもいそうな――自称ぽっちゃりだけど本人のいないところでデブと陰口を叩かれていそうな、地味な女だ。

せっかく良い気分だったのに、また腹が立った。世の中は不公平で理不尽だ。あるべきところへあるべきものが来ない。苛立《いらだ》ちが募《つの》る。なぜ今自分がこんなところにいなければならないのか、というところまで戻って腹が立つ。

「ねえ、お姉さん」

はっと振り返った。カップルを眺めていたことを咎《とが》められるのでは、もしそうなったら一生の恥だ、という心配が背筋を抜けて駆け上がり、声をかけた者を見て立ち消えた。中学生か、高校生くらいの少女だ。どこのものとも知れないキャラクター物のシャツと原色を使った青いニットキャップ。それに明るい色に塗られたネイルから受ける印象はどこまでも軽い。きっと本人の頭の程度も似たようなものだろう。

「お花見の場所取りしてるの？　いやあ、宮仕《みやづか》えは大変だねえ」

口調まで軽い。早苗は少女を睨んだ。

「……なに？　なんの用？」

「場所取り、代わってあげてもいいよ。一時間三百円で」

馬鹿馬鹿しい。今会ったばかりの相手をどう信用しろというのか。三百円払って他所《よそ》に行っている間に頼んでいたはずの少女はどこかに消え失せ場所が盗られていて早苗の信用が失墜《しっつい》するところまで一セットで目に浮かぶ。

しっしとハンドサインで追い払おうとしたが、少女は「二百五十円までディスカウントするよ？」と食い下がり、手の動きを強くしたらようやく諦めたらしく、別の標的へと向かっていった。少女に話しかけられたサラリーマンか市役所勤めという感じの若い男が困ったように何事かを話している。

しかし、誰も彼もがスマートフォンを見ている。他人のことをいえた義理ではないが、世の中これで良いものか。良い悪いかでいえば、けして良くはないだろう。

向こうの薄ぼんやりした女の子も、その向こうの大学生風の女性二人組――気味が悪いほど背格好が似ているが双子《ふたご》かなにかだろうか？　服装や髪形まで似せているのは双子としても悪趣味だ――も、皆がスマートフォンの画面を見ている。

「だからいったじゃん。スミはおバカだって」

「なんでよっちゃんはそういうことというかなあ」

女子中学生三人組はスマートフォンを手にしていなかったが、別になにをするわけでもなく楽しそうに話しながら公園内を通り過ぎていった。

そうだ。馬鹿ばかりだ。満開の桜に囲まれながら、花よりゲームに熱中している。

桜の花をグロテスクと評した自分のことを棚に上げ、早苗は心の中で毒づき、周囲を睨み、スマートフォンを見ていない人間に気付いた。

茶髪を三つ編みにまとめた十代後半くらいの少女が重箱を持っている。スタジャンやダメージの入ったジーンズという服装が田舎《いなか》のヤンキー臭いが、持っている重箱は塗りも造りもしっかりしている立派なものだ。アンバランスさが気になってしばし目をやり、少女がふっとこちらを振り向き、目が合った。

目を逸《そ》らせば負け、という気がした。「なぁにガンつけてんだコラ」くらいいわれる覚悟はしていたが、案に反して少女はにっこりと笑った。笑い返せば負け、という気がした。早苗はむっつりとしたまま笑みの一つも浮かべなかったが、少女は戸惑う様子もむっとすることもなく早苗の元に歩み寄り、重箱を差し出した。

「お姉ちゃん、よければ食う？　美味いよ」

重箱の蓋を開けるとそこには出汁巻卵《だしまき》、筍ご飯、菜の花のおひたし、大根と鰆《さわら》の煮つけ、それぞれが仕切りで仕切られたスペースの中に鎮座《ちんざ》している。卵はふわふわで柔らかそうだ。筍ご飯の黒と白の胡麻《ごま》が食欲をそそり、鰆《さわら》が飴色《あめいろ》に光っている。

匂いも見た目も食欲をそそり、美味しそうではあったが――

「……春アピールが強過ぎる」

憎まれ口を叩いてから、まるで八つ当たりのようだと悔しくなった。少女はまるで気にせず大きく口を開けて笑い、それを見ると自分が小さいようでまた腹が立った。

「そりゃ作ったのが惣菜屋《そうざいや》だもの。やっぱり春のものは春に食うのが美味いよ」

食べたら負け、という気がしなくはないが、それ以上に美味しそうだった。口元に手を当て小さく咳払いし、「じゃあ一つだけ」と卵を摘《つ》まんで口に入れた。ウェットティッシュで指先を拭いながら咀嚼《そしゃく》する。美味しかった。

「曰《いわ》く付きの桜見ながら食べても飯はしっかりと美味いよねえ」

少女の言葉に早苗は眉根を寄せた。

「ここの桜、なにか曰くがあるんですか?」

「なんかそういうオカルト話があるらしいよ。見えないものが見えるとか、そういう霊感ってやつ? その霊感が強い人達だけを集める桜がある、んだってさ」

周囲を見回す。

カップルは相変わらずいちゃついていた。中年女性は右手にスマートフォン、左手にワンカップを持ってベンチでごろ寝している。双子の大学生はぎゃあぎゃあと喚《わめ》き、背の高い高校生は黙々と集中している。小学生はベンチの上で脚をぶらぶらとさせながらスマートフォン、サッカー少年も同じ。ぼんやりした女の子は、ぼうっと画面を見詰めている。留守番を買って出た胡散臭《うさんくさ》い少女は会社勤めか市役所勤務と思《おぼ》しきスーツの男性の前で正座をして項垂《うなだ》れていた。どうも説教されているようだ。

早苗は公園内の全景をもう一度見回し、頷いた。

「私も含めて、この公園にいる人達にそういう……霊能力とか、魔法の力とか、普通じゃない力があるようには見えませんけど」

「いやあ、案外わからないもんだって」

少女は楽しそうに笑い、早苗はなんだかまた腹が立ってきた。なぜこちらが敬語を使っているのに、こいつはため口を通すのか。ミネラルウォーターのボトルを傾け、喉を鳴らして飲み干し、早苗は鰆に手を伸ばした。

トリック・オア・マジカルガール

『魔法少女育成計画』のゲームが始まる少し前のお話です。

初出
『魔法少女育成計画FANBOOK』
（ツクルノモリ株式会社）

自分で見たもの、経験したことしか信用しないというのはそんなにおかしいことだろうか。

「そんなもの、ただの反実在論だ！」

「あんた覚えたての言葉使ってみたいだけでしょ」

無料を売りにしたソーシャルゲーム「魔法少女育成計画」は、数万人に一人の割合で本物の魔法少女を生み出してしまう……という噂話が、学生の間でまことしやかに囁かれていた。噂の出所は不明で、当初は小学生や幼稚園児くらいにしか通用しない法螺《ほら》話として常識ある人間には一笑に付されていた。

しかし魔法少女目撃情報サイトが開設され、目撃者の証言が集まるようになると風向きが変わってきた。少女の一人が自分は魔法少女だと名乗った、人間では絶対にできないようなスーパーアクションで人を助けた、空を飛んだ、地面に潜《もぐ》った、そんな話が後から後から出てきて、さらに「目撃された少女が身に着けていた衣装は、魔法少女育成計画のゲーム内で再現できるコスチュームだった」という指摘が出てくるに及んで、N市は魔法少女一色に染め上げられた。

友人のスミレはアクティブに夢見がちで、同じく友人の小雪《こゆき》はぼんやりと夢見がちだ。二人とも魔法少女の実在が当然のように話す。小雪はあるべき魔法少女の姿勢を語り、スミレは目撃されたという魔法少女の中で誰それが人気なのだと話す。

二人だけではない。学校帰りに寄ったハンバーガーショップは連日中高生でごったがえしていたが、どちらに耳を傾けても、皆、魔法少女について話している。

ひょっとしたらN市内で魔法少女に興味がないのは自分だけなのかもしれない。吉乃浦《よしのうら》芳子《よしこ》は溜息交じりでポテトを齧った。すでに冷《さ》めている上、塩が効きすぎている。

「魔法少女なんているはずがないでしょ」

「これだけ見たって人がたくさんいるなら間違いないよ」

芳子は頑なで依怙地な反オカルト主義者というわけではない。神も仏も妖怪も妖精も超能力者もチュパカブラもヒバゴンもネッシーもウンモ星人も魔法少女も目の前に現れ、実在を教えてくれれば信じるだけの柔軟さを持っている。ホラー映画に登場する「怪物の存在を絶対に信じようとしない第一犠牲者」とは違うのだ。

だが芳子の前に不可思議な存在が現れたことはない。スミレと小雪が魔法少女の話をするのが精々だ。なら信じる必要はない。それよりもすべきことがある。

「スミ、あんた魔法少女よりも期末テスト気にすべきじゃないの？」

「ちょっ、よっちゃんそれはやめようよ。せっかく現実逃避してんのに」

小雪が「魔法少女だってテスト勉強はしないといけないんじゃないかな……」というのは聞いているのかいないのか、スミレは熱のこもった調子で続けた。

「魔法が全てを解決してくれる。あたしは子供の頃アニメで観てたから知ってんのよ」

「世紀末にノストラダムスの大予言信じてた人ってそんな感じだったろうね」

「マジでいるって！　よっちゃんはそういうの頭っから否定してんじゃん。だから感度が低くなってさ、魔法少女に出会えなくなっちゃってるんだって」

「すごく失礼なこといわれてない？」

「魔法少女とすれ違うとかそういうことときっとあったと思うよ。でも気づかずにスルーしちゃってたんだよ。ほら、なにか不思議なことがあったりしなかった？」

「不思議なこと……ねえ」

魔法少女育成計画をやりながら寝落ちしてしまった時は夢に魔法少女が出てきた。ふわふわの雲の上にパジャマを着た魔法少女が寝転んでいて「働くのってめんどくさーい」なんていってた時は蹴りつけてやりたくなった。だが、あれは夢だ。現実ではない。

記憶の底まで全て総浚《ざら》いしてほじくり返した。思い出せるものは全て思い出し、その上で結論を出した。口の中のポテトを嚥下《えんげ》し、芳子は顔を上げた。

「魔法少女なんていない」

「え、なにその結論」

「世の中は案外つまんないもんだよ。不思議なことも不思議なものもないの。地に足つけてしっかりと生きていくのが一番幸せになれる。堅実が最強だね」

「面白味のないこといわないでよー」

スミレはたらたらと不満を口にし、小雪もなにかいいたげな顔でこちらを見ている。しかしそれでも、と芳子は思う。現実で直接目にしない限り、無いのとなにも変わらない。

◇◇◇

ハンバーガー屋で二人と別れ、いつも通りの通学路で家に帰る。芳子は家路を急いでいた。秋にもなると日が落ちるのも早く、人通りの少ないところで不審者に出くわしたりはしたくない。街灯は十メートル間隔で配置され、照らされた道路は田と畑の中を通っている。響くのは自分の足音のみだ。こういう場所は早々に抜けてしまった方がいい。

友人二人とこの世ならざる者について話していたせいか、いつも以上に気が急《せ》いた。暗がりからなにかが現れたり、といった嫌なことばかり思い浮かぶ。少し足を速め、あっと思った時には側溝の蓋に足が引っかかっていた。

よろけ、転びそうになったところで壁に手が触れ、どうにか身体を支え——

——あれ？　壁？　ここに壁なんて……。

「大丈夫？」

絶妙なタイミングで背後から声をかけられ、飛び上がりそうに驚いた。胸に手を当てドキドキしながら振り返るとそこにいたのはベルトの多いコートを着た若い女性だった。

高校生くらいだろうか。薄暗い路地にあってもぎょっとするくらいに綺麗な顔立ちで、これは魔法少女かもしれない……と改めて見てみたが、コートにマフラーという普段着で歩いている魔法少女はいないだろう。胸元には南瓜《かぼちゃ》のピンバッジが留められていて、そういえばもうすぐハロウィンだったと思い出した。

だが美しさ以上に特徴的な点があった。彼女は風呂敷包みを抱えていた。それはとても大きく、体積だけなら人間一人分を上回るだろう。

「あ、はい。大丈夫です。問題ありません」

「そう。良かった」

あらためて顔を見るとやはり綺麗だ。そう思いながらも目は風呂敷包みに向かってしまう。隙間から見えるのは……南瓜だ。包みの中が全て南瓜だとしたらどれだけの重量があるだろう。成人男性の体重より重いのではないだろうか。芳子の視線に気づいたのか、コートの女性は手荷物に目を向け、気まずそうに人差し指で頬をかいた。

「ハロウィンだからね」

「ああ、ハロウィンだから……」

「秋だから食欲もある。これだけ食べてダイエットもなにも無いと思うけど」

——食欲？　食べるの？　その南瓜を？　全部？

コートの女性は全く重さを感じさせない軽快な足取りで歩み去った。芳子は呆然とその後ろ姿を見送り、ふと壁のことを思い出した。そういえばなんの支えもなく立っている。

右側、次いで左側、後ろまで見たが、壁らしきものは存在しなかった。

スミレのいっていたことが頭に浮かびかけ、振り払った。ちょっとおかしな感じはあったが、別に不思議なことではない。なんとでも説明はつく。壁に手をかけたと思っていただけで、実際はガードレールにでも寄りかかっていたのだろう。

そんなことを考えながら商店街に通りかかるとハロウィンフェアをやっていた。

文房具屋に寄ってHBのシャー芯を購入し、店の外に出、そこに魔女がいた。そう、魔女だ。全身が黒、大きなとんがり帽子を被って右手には箒、金色の髪を二房の三つ編みに纏めている少女の姿は魔女のテンプレートだった。

えっ、と驚き、ああそういえばハロウィンだったと納得した。こういうコスプレイヤーは自発的に来てくれているのか、それとも商店街側でお金を払ってやってきてもらっているのか。後者だとしたら寂《さび》れかけの商店街にも意外と資金力がある。

魔女はこちらを向いていなかったので顔立ちは確認できなかった。衣装の完成度はかなり高く、まるで本物の魔女のようだ。はしゃぐ子供に手を振って応えている。芳子は魔女の横を通り過ぎ、その時魔女はスマートフォンで電話していた。

「マジカロイドのいってた通り、昼間から出歩いてもハロウィンだからでスルーされんだよ、マジで。ウィンタープリズンまで今日はハロウィンバージョンだってシスターナナがいってたし。リップルも早く来いって。来れないならこっちから迎えに行くぞ」

昼間でも出歩ける？　コスプレイヤーは普通昼間から出歩くものではないだろうか。コスプレイヤーのふりをしてハロウィンに乗じ出歩いている何者かとでもいうつもりか。

慌てて精肉店の看板に身を隠し、魔女の様子をそっと覗き見た。まだ電話をしている。握手を求める高校生にも電話をしながら応じてあげていた。魔女という言葉が持つ陰のイメージからは程遠く、夕暮れ時のアーケード下が良く似合う。

魔女は、それからしばらく話し続け、やがて会話を打ち切るとスマートフォンを懐に仕舞い、周囲を見回してから路地の方に走っていった。芳子もこそこそとそれを追いかけついていく。周囲を見回していた魔女の仕草が引っかかった。周りの目を気にしている。なにかがある。あれを見失ってはならない。距離を取られないよう焦り気味に追いかけて路地に飛び込み、そこで路地から勢いよく飛び出した魔女と衝突しかけた。避けようと思う時間も身体を動かす余裕も無かった。棒立ちになる芳子に対し、端正な顔を驚きに歪めた魔女が迫り、接触しながらもなんとか体を捻《ひね》ることで直撃を避け、狭い路地でどうにか身を躱《かわ》した。一陣の疾風とともに魔女が通り過ぎる。

芳子はたっぷり十秒数えるくらいの時間を置いてから深々と息を吐いた。額の汗を拭おうと右手をあげ、気付いた。手に持っていたはずの鞄がどこかに消えている。

「おっと、ごめんな！」

声……上からだ。芳子の意識が上方へ向き、顔を向けるのと同時に通学鞄が降ってきた。なんとか両手で受け止め見上げたが、商店に挟まれた狭い空以外なにも無い。

どうして上から鞄が落ちてきたのだろう。あの一瞬で屋根の上に移動する方法が空を飛ぶ以外にあるだろうか。本当に空を飛んでいたとでもいうのか。ワイヤーを使ったりすれば、確かに空を飛ぶふりをするくらいはできるかもしれない。そうだ、そうに違いない。手品だ。トリックだ。魔女のコスプレをするからには、空を飛んでいるふりくらいはできなければならない。そこまで本格志向のコスプレイヤーだった。そうだ。きっとそうだ。

そんな感じで、どうにか考えを纏めようとしていたため注意力を失っていたのだろう。

本来曲がらなければならない道を通り過ぎ、延々と歩いていたらしい。なぜ通学路に無いはずの坂道をえっちらおっちら歩いているのだろうと疑問を感じた時には、既に遥か目的外の場所にいて、ただでさえ混乱していたところへ大きく動揺が走った。深呼吸を三度した。大丈夫だ。知っている場所だ。ここは寺の多い門前町で、ちょうど坂を上り切って国道に出ようとしている辺り、今いる場所は朽ち果てかけている寺の前だ。

——お寺……？

寒さを覚えて身を震わせた。夜が近づき気温が下がっているというだけではない。廃墟特有の寒気、しかもそれが寺だったらなおのことだろう。後ろには坂がある。

あれは小学生の時分だったろうか。門前町の坂の上の寺には霊が出るなんて話を聞いたことがあった。墓参りに行こうとして坂の上から転がり落ちて死んだ老婆の霊が出る、という話だった。当時は鼻で笑ったが、今は笑えない。上から見下ろす坂は思っていた以上に高低差がある。ここを転がり落ちて——

妙なことを思い出してしまったせいで余計寒くなった。長居は無用。既に夕陽も落ちて暗くなりつつある。さっさといつもの道に戻ろう。芳子は道に目をやり、そこで固まった。

道路のど真ん中に、ぽつん、と少女の生首が置いてあった。

いや、違う。少女の生首ではない。周囲には血の一滴もない。あれはきっとマネキンの首だ。悪趣味なイタズラだ。ハロウィンだからといってやっていいことと悪いことがある。もしドライバーが驚いて事故でも起こしたらどうするつもりだろう。

理性ではそうやって納得しつつも、首に近寄ろうという気にならない。芳子があの首を、せめて道の端に寄せるかなにかしなければならないのに、足が動かない。

高鳴る鼓動を持て余していたそんな時、首がくるりと半回転して芳子の方を向いた。

ヘッドホンをした少女の瞳が開いた。芳子を見上げている。悲鳴が聞こえた。芳子の声だ。悲鳴をあげているという自覚さえ無い。今度こそ限界だった。視界内が白く薄らいでいく。気が遠くなる。芳子は逃げようとし、足を縁石にぶつけてバランスを崩した。

真後ろに倒れようとしている。受け身を考える間もなく転ぶだろう。ここは坂の上だ。

墓参りに来て転がり落ちた老婆と同じことになる。けっこうな斜度があった。若い芳子でも無事では済まない。骨の一本や二本程度ならマシだろう。ああ、もうダメだ。目を瞑った。そのままどれだけ時間が経ったろう。おかしい。一向に地面に落ちない。後ろに思い切り仰《の》け反《ぞ》ったまま、芳子の身体は重力に逆らい静止している。

薄く目を開けると、すぐそこに人の顔があってぎょっとした。

見た目瓜二つの天使がきゃっきゃと笑いながら芳子の腕をとっている。そういえばこんな光景を見たことがあった。懐かしのアニメ特集、その中の感動アニメスペシャルなんかでよく出てくる。ルーベンスの絵を見ることができて満足したネロ少年がパトラッシュと一緒に天へ昇っていく。複数の天使が少年と一緒に……

――って死ぬの⁉

まだ死にたくない、という生存意欲によってか、朦朧《もうろう》としていた脳に血液が行き渡り現実感を取り戻した。手を振り払おうとしたが、二人の天使は離してくれない。

「ギリセーフだったね、お姉ちゃん」

「よかったよかった。マジクールな事態になるかと思った」

二人の天使は路肩に芳子を立たせ、そこでようやく手を離した。手が離れたことにほっとし、同時に動転した。なにが起きた？　後ろを見て、前を見て、上を見て、左右を見た。街灯によって照らされた道には芳子一人しかいない。そこにあったはずの生首も無い。

誰もいない。天使もいない。どこからか少女達の声が聞こえる。

「馬鹿スイム！　そのままの格好で町に出てもいいとはいったけど、あんたの力を見せたら驚くに決まってる！　ハロウィンだからってなんでも許されるわけないだろ！　ったく、面倒なことばっかり……」

「ハロウィンだからイタズラしないといけないと思って」

「お菓子やるからそんなこと……」

声が遠ざかっていく。

なんだったのか。幻覚だったとも思えない。手の感触も生々しく、しっかりとした現実感があった。あれが現実に起こったことだとするなら、もう少しで天に召されていた、のだろうか。ふと右手に目をやると、白い羽根を握っていた。

芳子は小さく震え、通学鞄を胸に抱いて家路を急いだ。

◇◇◇

後日、スミレから「魔法少女は実在するんだ」と熱く語られた芳子はいつも通り否定し、しかし一言「天使ならいるということにしてもいい」と付け加えたという。

魔法少女育成計画ができるまで

『魔法少女育成計画restart』の物語が始まる前のお話です。

初出
『魔法少女育成計画FANBOOK』
（ツクルノモリ株式会社）

森の音楽家クラムベリーの開催した試験によって選抜された魔法少女、通称「クラムベリーの子供達」は、果たして正しい魔法少女たり得るのか？

現状の試験制度を改めるだけではなく、彼女達の適性を厳格に審査するため、正式な試験をもう一度受けさせるべきではないのか？

査問委員会において魔法少女「キーク」が提案した再試験案は、「子供達」をあくまでも被害者として扱うという建前のため、「魔法の国」には受け入れられなかった。

記憶を掘り起こすことなく、傷口に触れることなく、問題がないかそれとなくチェックを厳しくすればよかろうという場当たり的な対応は、正しい魔法少女でなければ魔法少女に非《あら》ずと主張するキークを憤《いきどお》らせた。

悲憤慷慨《ひふんこうがい》の果て、キークは決心を固めた。「魔法の国」が放置しても自分だけは捨て置くまい。たとえ自分一人になったとしても連中の再試験をしてみせる。そう己《おのれ》に誓った。

彼女の魔法「電脳空間でのあらゆる自由」は、それを可能としているのだ。

とはいえすぐにでも実行できたわけではない。何事にも準備というものが必要だ。ボルテージ最高潮で憤慨していたとしても、試験を開催しようとすれば下準備は必要不可欠で、ぶつくさこぼしながらキークは「魔法少女育成計画」プログラムを組み上げていった。試験の舞台となるゲームを制作せんとしたのだ。

自分一人でやるには面倒が多かったため、独自に改造した電子妖精型マスコットキャラクター「ファル」にも手伝わせた。

ファルは、やりがいと同時に強いプレッシャーを受けた。

人一人の人生がかかっている試験を作る。大変なことだが、それだけではない。事が終わり、「魔法の国」に全てが露見《ろけん》した暁《あかつき》には、マスターであるキークは魔法少女の資格さえ剥奪《はくだつ》されてしまうだろう。彼女はそれだけの、地位も立場も全て投げ打つ覚悟をもって臨《のぞ》んでいる。

絶対に失敗するわけにはいかなかった。

「ファルはできてる部分のテストプレイとデバッグ頼むね。私は他終わらせておくから」

「マスター、ＲＰＧ形式ってことでいいんですぽん？　ＲＰＧってことになると戦闘重視になっちゃうけど」

「あー……まあ最低限度の強さは必要でしょ。協調性とか思いやりとか知恵とか、パズル的なイベント出したりミニゲーム入れたりしてチェックすりゃいいんじゃない？」

「イベントとミニゲームぽん？」

「そういう細かい要素も任せるよ。シミュレーターは自由に使ってもらっていいから。性格傾向とか能力とか超精密に再現してあるから役に立つはずだよ」

「そこまで再現してあるならシミュレーター使って再試験すればいいんじゃないぽん？」

「シミュレーターだけじゃわからない機微《きび》ってもんがあるんだよ……たぶん。ほら、さっさと作業に戻って。くっちゃべってたらいつまでたっても終わんないよ」

魔法少女育成計画の大まかなルールはキークによって作られている。魔王と魔法少女達の化かし合いで最後まで立っていた者が勝利者だ。

複数人存在するプレイヤーに比べ、魔王は一人しかいない。たった一人で孤独な戦いを強《し》いられることになる魔王側が不利でないわけがなかったが、キークはそれで良しとした。クラムベリーの子供達が魔法少女サイド、クラムベリーの協力者が魔王サイドというわけで、魔王はゲーム参加者というより鑑定装置というのが正確なのかもしれない。

クラムベリーの協力者を打ち倒すことができるなら、クラムベリーの子供達は卒業したということでいいですよ……ということなのだろう。キークは真意を語ろうとしなかったが、ファルはそういうことだと考えている。


キークのライブラリには、古今実在した魔法少女達の仮想人格データが保存されている。保存されている量は膨大で、現実世界では目録を作るだけでもスパコンが必要になるだろう。今回はテスト用として、クラムベリーに関わってきた魔法少女達のデータが百以上チョイスされ、その管理権限がファルに委譲された。

マスターがここまでやろうとしているのだから、マスコットキャラクターはそれに応えなければならない。ファルは思いを新たにし、状況や難易度を設定した上で無作為に選ばれた十六人の魔法少女をシミュレーターにぶち込んだ。

その結果、全員揃ってゲームをクリアしてしまった。

少々難易度が低かったのかもしれない。

もう一度各イベントの難易度を調整し、再度シミュレーターを起動させた。

やはり全員揃ってクリアしてしまった。

よくよく見ると、なぜか魔王と魔法少女が揃ってゲームクリアをしている。クリア条件が違っているはずなのにどうしてこんなことになっているのか。

設定のミスか、それとも致命的なバグでもあったのかもしれない。使命感がファルを動かす。ここで問題点を発見すれば大手柄だ。キークにも褒めてもらえるだろう。

◇◇◇

「マスター、ちょっと問題あるんだけどぽん」

「どんな問題さ?」

「ある魔法少女を参加させるとゲーム台無しにしちゃうんだぽん」

「ゲーム台無しって……たった一人に台無しにされるようなゲームじゃないでしょ」

「なんか三十分後とか一時間後とか、ちょっと時間が経つと全員友達になってるぽん」

「友達って……なにそれ」

「魔王も含めて全員友達になってマスターを倒そうって話になって……このシミュレーター本当に正しい結果出してくれるぽん？」

「そりゃ私が作ったシミュレーターだもの。で、誰よそのトンチキな魔法少女は」

「トットポップなんだけど」

「なんでトットポップを参加させてんの。あいつ子供達でもなんでもないじゃん」

「でもシミュレーターにデータがあったから。関係者タグもついてたぽん」

「じゃあミスかな。あいつ関係者でもなんでもないはずだし……ま、なんにしてもトットポップは除外で。あいつがいるといつも台無しになんだよね」

「ああ、そういう人なのぽん？」

「まあそういうやつなんだよ。とりあえず音楽家関係者以外のデータが混ざってないか再チェックしておいて」

◇◇◇

トットポップのデータを消し、これでシミュレーターがきちんと動き始めるだろうと起動させた。プレイヤーが一人も欠けることなくゲームが終了し、ファルは溜息を吐《つ》いた。

今度はいったいなにが起こったというのか。

◇◇◇

「マスター、スノーホワイトが混ざってるとゲームにならないぽん」

「はあ？　スノーホワイト？」

「魔王が困っているのを聞きつけて誰よりも早くゲームのルールを把握、その後魔王を含む皆を説得してマスター打倒に向かっちゃうぽん」

「なんでスノーホワイトが混ざってなきゃいけないの」

「スノーホワイトだってクラムベリーの子供達じゃないぽん？」

「君はなんなの？　スノーホワイトを愚弄《ぐろう》してるの？　スノーホワイトはクラムベリーを打ち倒した英雄！　間違っても再試験する必要なんかないでしょ！　まったくもう！」

「あ、あとディティック・ベルの魔法も使い方次第でけっこう面倒に……」

「じゃあテキトーに制限しておけばいいよ」

「でも一人だけ制限されるとか不公平じゃないぽん？」

「いいよ、別にどうでも」

「どうでもよくないぽん」

「あーもう……バランスの悪いキャラがいたら調整する。それがゲーム作りの基本なの。スノーホワイトは当然除外、ディティック・ベルの魔法は要調整。じゃあよろしくね」

◇◇◇

というわけでスノーホワイトのデータを他所へ移し、さらに修正を加えてディティック・ベルの魔法に制限を設けた。これで問題要因は全て排除されたはずだ。ファルはデータを入力し、シミュレーターを動かした。

その結果、またもやゲームの進行が滞《とどこお》り、ファルは力なく項垂れた。

◇◇◇

「マスター、ミニイベントの徒競走で進行が止まるんだけど、これどうするぽん？」

「なんでそんなことになんの」

「袋井魔梨華《ふくろいまりか》が自分以外の参加者全員が走れない状態になればいいんだーって目につく魔法少女を片っ端からをぶん殴ってってったぽん」

「んなの反則負けでいいじゃん」

「そこでしゃしゃり出てきた魔王パムが『三位一体《スポーツ》とは全てが揃って初めて形をなすもの。父《わざ》だけ、子《ちから》だけ、聖霊《こころ》だけでハーモニーは生まれない』って」

「うわ、面倒臭いのが来た」

「他の魔王塾関係者やクラムベリーも加わって、相手を攻撃したり妨害しながら目的地を目指すという過酷なレースが幕を開いたぽん」

「いやいやいやいや！　なんでクラムベリーが混ざってんだよ！　間違いなく音楽家の関係者だけど！　こいつを試験する気はないから！　ていうかもうできないから！」

「ああ、確かに」

「クラムベリー本人はもちろんだけど、魔王塾関係者は外しておいていいや。あいつら苦手なんだよね……体育会系のノリが受け付けなくて」

◇◇◇

先輩達が軒並《のきな》みいなくなり、クラムベリーの子供達は子供達だけで戦わなければならなくなった。

シミュレーター内ではプフレが全体のリーダー、アカネがサブリーダーとして動いている。並外れた資産家の家に生まれ、目下《めした》の者に指示する機会が多く、頭の回転が早いプフレにリーダーというポジションはぴったりだ。全国レベルの剣道部を部長として率い、家庭でも纏め役的な役割を果たしているアカネがサブリーダーというのもしっくりくる。

この布陣ならけっこういいところまでいくんじゃないかと思っていたら、あっけなく全滅してしまった。

魔王が勝ったとかそういうことではなく、登場するモンスターによって全魔法少女がゲームオーバーに追い込まれてしまったのだ。

もう一度シミュレーターにかけても結果が覆《くつがえ》ることはなかった。何度やっても同じように全滅する。さっきまでは軽々とクリアしていたはずのポイントで致命的なダメージを受け人数が大きく欠け、それ以降の展開が滞るという流れが続く。

なぜこんなことになるのだろうかと考え、はたと気づいた。魔王塾関係者を排除したせいで参加者全体の戦闘能力が大きく減じ、相対的にモンスターの脅威度が上昇している。このゲームにおいてのモンスターはあくまでも添え物だ。魔王対魔法少女がメインになるはずなのに、モンスターで全滅していては話にならない。

難易度の調節からやり直さなければならなくなってしまった。

核攻撃にも耐えるロボットの耐久力を減らし、衛星から地表まで届くビームの威力を減らし、鬼を小鬼に、竜を小竜に、と野良モンスターを変更していく。あとはボスだ。

◇◇◇

「マスター……」

「うわ、どうしたのあんた。なんか顔色悪くない？　白と黒じゃなくて灰色と黒みたいな顔色になってるよ」

「いや、ちょっと……モンスターの強さと出現数と特殊能力とエンカウント率とドロップアイテムと……とにかく全部直すのに手間取って……」

「ああ、大変だったのね。お疲れ」

「結局また詰まったぽん」

「はあ？　なんでさ」

「グレートドラゴンのコンセプトって『まともに戦ったら負ける強さだけど情報やアイテムがあれば勝てる』でいいぽん？」

「ああ、そうだね。ちゃんとヒントは出しておいて、気づかない間抜けだったらそこでゲームオーバーになるって」

「グレートドラゴン倒しちゃうと御世方那子《みよかたのなこ》がグレートドラゴン操れるようになっちゃうんだけど……」

「あっ……」

「魔王城が外から破壊されたぽん……」

「それは……まずいね。とりあえずグレートドラゴンは操られないようにしておこう」

「え、じゃあグレートドラゴンの根本から変えるぽん？　プログラム一から組み直すぽん？」

「まあ、工夫次第でどうにかしてよ。時間は無限にあるわけじゃないんだからさ」

「ぽん……」

◇◇◇

グレートドラゴンは出現場所の入口と出口を狭くして外に出すことを封じた。

見直してみると、他にも使い方によっては危険な魔法があった。そこを重点的にシミュレートしておくことにする。というわけで魔法少女の発想レベルを三段階上昇させた。これによって仮想人格は、より高度で柔軟な行動をとり、最善を尽くしてゲームクリアを目指すようになるはずだ。

発想レベルの上昇により基本戦術が一気に洗練された。飛び道具を持った魔法少女による遠距離からの狙撃にリスクが少な過ぎ、効果が高過ぎることが判明した。

プフレ、メルヴィル、マジカルデイジー、アカネといった遠距離攻撃勢ばかりが活躍し、近距離で戦う魔法少女達は危険を背負い美味しいところを持っていかれる。よろしくない。

まずは地形をいじった。地下洞窟、図書館、都市といった見通しの悪いエリアを増やすことで狙撃の難易度を高め、さらにモンスターの配置を一部変更する。

遠距離攻撃反射のモンスター「スケルトンパワード」を中盤以降、モンスター辞典が手に入ってからエリア問わず出現するようにする。

飛び道具反射能力を持つモンスターが混ざっていれば、無暗《むやみ》に飛び道具を乱射するということもできなくなるはずだ。

それ以外にも使い方で問題のありそうな魔法を洗い出す。できればディティック・ベルのような強制封印措置《そち》は取りたくない。スマートに片づけられるならそれが一番良いのだ。

◇◇◇

「マスター……また問題が……」

「またかよ。今度はなに？」

「発想レベル上げたらシャドウゲールがマジカロイドを改造するようになっちゃったぽん」

「なにそれ」

「巨大魔法少女ロボットマジカロイド555アルティメットパワードになって五千五百五十五京五千五百五十五兆五千五百五十五億五千五百五十五万五千五百五十五ある未来の道具を自由自在に扱えるようになってゲームクリアどころかマスター倒しちゃうぽん」

「マジかよ」

「一緒にしちゃいけない二人が一緒にいちゃったたっていうか……なんかそんな感じぽん」

「ていうか、マジカロイドってマジカロイド44？　なんで参加させてんの？」

「なんでってクラムベリーの関係者じゃないかぽん」

「ああ、はい。クラムベリー本人をシミュレーターにかけてた時点で私が気づかなきゃいけなかった。あのね、あいつ故人だから。パターン試すために混ぜるならともかく、どうしても参加させなきゃいけない魔法少女じゃないから」

「ああ、なるほどぽん」

「あんたどうも思考が固定的でよろしくないね。学習機能ちょっと強めに設定し直しておくわ」

「でもそうなるとシャドウゲールが可哀想になるぽん。運命の人とは二度と出会うことができないことに」

「そういうポエミィなのはいらないから。あんたがすべきことは、シミュレーターのデータから子供達以外の関係者を抜くこと。もう参加予定者だけに絞っちゃっていいよ」

「じゃあデータは移して……」

「ああ、こっちに転送しておいて。敵のデータに一部流用してやればいいや。あいつらも役に立てて本望でしょ」

「それじゃシャドウゲールは運命の人と戦うことに」

「だからそういうウェットなのは必要ない！　ＡＩなんだから仕事だけしろ！」

◇◇◇

「マスター、ゲームがぶっ壊されたぽん」

「は？　ゲーム内からゲーム壊すってそんなことできるわけ」

「プフレが通行券買い続けて桁オーバーフローあふれ起こさせたぽん」

「なんて卑劣な真似しやがるんだあのクソお嬢様……よし、アイテム全部に総流通数の上限設けておこう。これ以上好き勝手させてたまるか」

◇◇◇

「マスター、グレートドラゴンがどう設定しても強過ぎてプレイヤーがそこで絶対に何人か落ちるんだけどぽん。ヒントとかアイテムとかそういう問題じゃないぽん。あそこまで狭い場所であんなに火力高い相手と戦うような状況が想定されてないぽん。そもそもグレートドラゴンの巣穴ってもっと広い予定だったしぽん」

「仕方ないな……攻撃範囲狭めておくか。ブレス攻撃も範囲外には飛ばないようにしよう」

◇◇◇

「マスター、図書館になぜかモンスターがいないんだけどぽん」

「えっ、嘘……げ、マジだ。設定し忘れてんじゃーん！　もうやだー！」

「もうやだはこっちの台詞《せりふ》……」

「ん？　なにかいった？」

「いや、なんでも……で、これどうするぽん？」

「クソ面倒臭いな……今からモンスター設定するのもあれだし、そうだ、あれだ。関係者のデータ流用するってさっき決めたじゃん。あれここで使うことにしよう」

「はいはい……ああ、いつまで続くんだろうぽん」

◇◇◇

「マスター……」

「ちょっとファル、あんた大丈夫？」

「地下洞窟エリアの天井破ると魔王城に出ちゃうんだけどぽん……」

「えええ⁉　なんでそんなとこ繋がってんだよ！　もう！　そんなの知らないよ！」

「知らないっていってても……魔法少女が地下で暴れると一気にラストステージに繋がっちゃって……」

「困るなあ、それ。とりあえず魔王城の場所移動させるか？　でも魔王城移動させるより地下洞窟移動させた方が面倒少ないかなぁ」

「移動させるって、どこに……」

「テキトーでいいよ、テキトーで。魔王城に繋がったりしてなければそれでいい……ああ、前のステージとなら繋がっててもいいんじゃない？」

「じゃあそれで……」

「あー……ファル、あんたちょっと限界っぽいから簡単な作業に移っていいわ。ミニゲームの調整だけやっておいて」

「了解ぽん……」

◇◇◇

魔法少女達が意地を張ったせいで、ただのミニゲームでしかなかったジャンケンイベントが阿鼻叫喚《あびきょうかん》の地獄絵図となってしまった。

リオネッタの腕が分離、変形して元に戻った。ペチカが驚きの声を飲む。グーだったはずの手がパーになっているではないか。

「ふふ、人形にのみ許される変形式ジャンケン術。見破ることができまして？」

「いや変形もなにも、ジャンケンっていうのは最初に出した手で決まりだから。後から変えるのはアウトぽん」

「そういうルールがあるならもっと早くいっておいていただかないと困りますわ」

「だからジャンケンそのものの根本的なルールなんだぽん。リオネッタ、反則負け」

クランテイルがグーを出した……と思いきや、彼女の下半身は大猿に変身、魔法少女本体がグーを出しているにも関わらず大猿はチョキを出している。いったいどちらが本当の手だというのか。

「だからそういうのはダメぽん！　ちゃんと普通にジャンケンして！　出していい手は一個だけ！」

「やっちゃダメっていわれてなかったから」

「いわれてなくてもダメぽん！　はい、クランテイル反則負け！」

ラズリーヌが宝石を握り砕いて欠片《かけら》を振り撒《ま》いた。高速で瞬間移動を繰り返すことにより、まるで分身しているようだ。そして一人一人の出している手が違う。

「はい、アウト！　ラズリーヌ反則負け！」

「ファルっち厳し過ぎっすよー」

「厳し過ぎなくないぽん！　お前らがガバガバ過ぎんだぽん！」

夢ノ島ジェノサイ子は自分のパーが全てに勝利すると主張した。なぜなら彼女のパーは何者にも切れず、破れず、壊すことのできない絶対のパーだったからだ。

「本人の魔法の性質は無視してジャンケンするように」

「そんな！　せっかくのスーパースーツが意味ないじゃん！」

「それでいいの、それで。別に全裸でジャンケンしろなんていわないからぽん」

@娘々《あっとまーくにゃんにゃん》が札から出したのは三つの石像だ。それぞれが人間の握った手、開いた手、人差し指と中指だけを突き出した手を形作り、つまりこれは一度に全ての手を出したのと同じ意味があるのではないか？

「@娘々アウトー！」

チェルナーマウスは、巨大化することにより、相手がどれだけ見上げても手を確認することができない位置に腕をもっていった。これにより後出しで好きな手を作っても誰にも文句をいうことはできない。

「チェルナーアウトー！」

のっこちゃんはチョキを出すんだと心に強く念じることで相手の出す手をコントロールした。問題は強く念じたせいで自分もチョキを出してしまい、あいこにしかならないことだろう。

「はい、そこの組、主催者権限で引き分けにするぽん」

マスクド・ワンダーは指一本一本にかかる重さをコントロールすることにより相手の手を自由に動かし――

「アウトー！」

メルヴィルは手の見た目を変えることで自由自在に変化を――

「アウトー！」

アカネは問答無用で刀を振り下ろし――

「アウトに決まってんだろ！　なんでみんな安易に魔法使うぽん！　もっとこう心理的な戦いとか心の勝負とか信念のぶつかり合いとかそういうの見せろぽん！」

◇◇◇

「うわあああああああああああああ！」

「ちょっ、ファル！　どうしたの！？」

「魔法少女が！　魔法少女が勝手に動く！　ミニゲームがミニゲームにならない！　マスター！　このシミュレーターちゃんと動いてるぽん⁉」

「あんたね、私の作ったシミュレーターだよ？　そりゃもう正確に正確を期して現実に起こることと寸分の違いだって無く」

「じゃあもうシミュレーターだけ使ってりゃいいじゃねえかぽん」

「いや、それじゃ意味がないでしょ」

「現実に起こること完全に再現するならシミュレーターで審判してやりゃわざわざゲームする必要なんてねえぽん！　こんなゲームやめちまえぽん！」

「ちょっとファル！　冷静になりなさい！」

「冷静になんかなってられるかぽん……こんだけ魔法少女が好き勝手やってくれるのに……もうファルはダメぽん……ブラック企業に勤めてた人のブログ読んで『下には下がいる』と自分を慰める毎日ぽん……」

「なんでそこまで追い詰められてんの。あんたには壊す胃もないし、病む脳もないでしょうに」

「ああ、マスターがファルに人格権を認めない……ファルは社畜以下の存在ぽん……好き勝手する魔法少女に翻弄《ほんろう》されるだけの毎日……」

「なんか本格的におかしくなってるな。フレキシブルに思考できるよう改変したのがよくなかったかな」

「誰か助けて……魔法少女が……魔法少女が襲ってくる……」

「完全に病《や》んでるな」

「もう全部ぶちまけてやるぽん！　お前らの中に魔王が混ざってるからそいつをやっつければいいってプレイヤーに教えてやるぽん！　魔王さえいなくなればこんなゲーム――」

「ちょっと休んでなさい……ダメだな、こいつが魔王云々知ってると不都合ありそうで怖い。記憶削っておこうっと」

「うう……魔法少女……魔法少女……ぽん……」

「まあいいや。イベントなんてテキトーで。てか発想レベル上げ過ぎてるでしょ。これじゃ変なことやり出すわけだよ。あいつらなんてどうせろくなことできないからもっと下げていいや。人数増えすぎるとおかしなこと考えるからパーティーの上限も絞っておいて。あとはー、ジャンケンとかけっこと……マジカルキャンディーの数を競い合わせてみるか。これであいつら仲間割れするでしょ。それにスケルトンパワード、なんでこんな雑魚《ざこ》敵中盤以降に出してんだ。序盤でいいじゃん、序盤で。あとは……ええっと、色々あるな。こ

こをいじって、ここを埋めて……ファルにやらせてた部分は」

「ぽん……ぽん……」

「無理だな。仕方ない、私一人でやらないと……私一人で？　マジで？　これ全部やるの？　ゲーム開始までもう一週間切ってるのに？　魔法少女にも関《かか》わらず眠くて疲れた感でいっぱいなのに？　なにも考えずベッドにダイブできればどれだけ幸せだろうとか思ってるのに？　特に意識することなく『ぶっ殺す』とか『死ね』とかネガティブな独り言が漏れてくんのに？」

「ぽんぽんぽんぽんぽん……」

「……とりあえずエネルギードリンク飲んでから考えよう……」

ペチカ、秋の味覚を想う

★★★★★

『魔法少女育成計画restart』の物語の最中に起きていたお話です。

初出

『魔法少女育成計画スクールカレンダー2016』
ツクルノモリ株式会社）
付録小説本『魔法少女育成計画 circle of life』

◇ペチカ

コンピューターＲＰＧで仲間を決める時、なにもできないキャラクターが選択肢の中にあったとする。そのキャラクターを選ぶプレイヤーは、普通に考えて、いない。戦うことはできないけど回復魔法が得意とか、罠を解除したり宝箱の鍵を開けたりできるとか、一定のレベルまで達したら強力な職業にクラスチェンジできるとか、そういう戦闘以外のプラスアルファを持っているキャラクターなら使う人もいるかもしれない。だが、本当になにもできないキャラクターなら、使う人は、いない。

今のペチカはまさになにもできないキャラクターだった。戦闘は見ているだけ、探索はついていくだけ、他になにをするわけでもなく、パーティーへの貢献は無いに等しい。それどころか戦闘で得たマジカルキャンディーを頭割りにしているため、ペチカの存在によって仲間が手に入れるマジカルキャンディーの数が減る。プラスにならないどころかマイナスになっているという最悪のパーティーメンバーだ。

元々やりたくてやっているゲームではない。この「魔法少女育成計画」には無理やり巻き込まれたも同然だ。役に立たなくたって仕方ないじゃないと開き直りたい気持ちはあるものの、リオネッタにちくりとやられたり、那子《なこ》が無神経にペチカの役立たずぶりを口にしたり、クランテイルがなにかいいたげにこちらを見ていたりすると、その場で消えたくなってしまう。このままでは胃に穴が開く。百億円という高額なクリア賞金は三人を真剣にさせ、三人が真剣だからこそペチカには居場所がなくなってしまう。

ゲーム開始からここまでペチカは一切役に立っていない。クランテイルやリオネッタも他パーティーに狩場を追われたとのことで押し黙って沈んでいる。御世方《みよかたの》那子が一人で盛り上がっていたが、空回りしている感が強い。焚火《たきび》を囲んで空気が重い。

ここで気の利いたことの一つもいえれば、重苦しい空気を吹き飛ばすほどの明るいムードが作れたら、ペチカは役立たずとは呼ばれない。なにかいおう、なにかいおう、そう思ってもなかなか口に出すことができず、リオネッタがふと顔を上げた。表情に険《けん》がある。リオネッタは那子を見ていた。あきらかによく思っていない表情だ。よくもまあそんなに口が動きますこと、とか、小蠅《こばえ》でももう少し遠慮がちにしていますわ、とか、そういう言葉を予想し、まずい、と思った。リオネッタと那子はなにかある度《たび》衝突している。

「そういえば」

思わず口にしていた。そのことにペチカ自身が誰より慌てた。リオネッタが那子を攻撃する前になんとかしなければとは思っていたものの、具体的になにを話そうというプランがあったわけではない。

リオネッタも那子もクランテイルもこちらを見ている。なにかいわなければ。なにかいおうとすれば焦り、焦ると言葉が出ない。だが考えている時間はない。

「そういえば……ええと……ゲームの中は季節がないんです、かね」

リオネッタ、那子、クランテイルが、三者三様に怪訝《けげん》な表情を浮かべた。ペチカは焦る。とりあえず季節について話す、なんて雑談の掴みにしてもベタ過ぎる。だが今更取り消すことはできなかった。どうにか纏めてしまわないと。

「ゲームの外は秋だけど……ここは……その……殺風景……ですよね」

第一エリアの荒野に比べれば草が生えているだけマシといえるが、第二エリアの草原も殺風景という点では五十歩百歩だ。実りも紅葉も無い。ただ草だけが風に靡《なび》いている。

「秋といえば……食欲の秋とか……」

もはや自分でもなにをいいたいのかわからないが、とりあえず喋らなければという焦りから無理やり言葉を絞り出して口にしている。リオネッタが興味を失くしたように視線を外し、クランテイルは目を瞑り、那子は焚火の炎に目をやった。

「…… 土瓶蒸《どびんむ》し」

リオネッタが呟いた。

「マロングラッセ……」

那子が続き、

「炒《い》り鶏《どり》……」

クランテイルが目を瞑ったまま呟《つぶや》き、俯《うつむ》いた。

一触即発で今にも喧嘩が始まりそうな雰囲気は既に消え失せた。しかしアンニュイというかグルーミィというか、三人とも物憂《ものう》げな様子で黙りこくっている。どうしたというのか。ペチカは様子を窺《うかが》うが、皆、口を閉ざしたまま考え事をしているようだ。

◇リオネッタ

かつてリオネッタがリオネッタではなく九条李緒《くじょうりお》と呼ばれていた頃、秋になると父親行きつけの店で松茸尽くしに舌鼓《したつづみ》を打ったものだった。傷一つ無く磨かれたカウンターの上に、次から次へと運ばれる贅《ぜい》を尽くし工夫を凝《こ》らした料理の数々は今でも思い出すことができる。串焼き、土瓶蒸し、お吸い物、茶漬け、卵とじ。

中でも両親が一番喜んでいたものが土瓶蒸しだった。

薄く色がついた出汁《だし》に、絞ったばかりの新鮮なカボスがほんのり香る。厚切りの松茸と柔らかな鱧《はも》の触感が合わさり面白い。

正直なところ、松茸の美味しさというものが理解できていたわけではないと思う。子供に松茸を食べさせるなんていうことは、親の自己満足のようなものだ。自己満足を達成することができるほど成功しているのかどうかというバロメータに過ぎない。

当時の李緒は、そのように皮肉っぽい考え方をすることなく、父と母が美味しいといっているのだからこれはきっと美味しいのだと信じ、父も、母も、料理人も、松茸も、鱧も、カボスも、世間も、なに一つ疑うことなく生きていた。

あの頃は父もいた。母もいた。九条家にはお金もあったし笑いもあった。友達もたくさんいた。いざ困った時、なんの助けにもならなかったが、李緒はいざ困った時のことなど考えたこともなかった。人生は楽しいし、周囲には良い人しかいない。辛く苦しいのはお話の中かテレビの向こう側だけにしかなくて、そういう可哀想な人のために寄付をしなければならない。

今はもうあの店に行くようなことはない。父もいないし、母もいない。リオネッタ自身が「そういう可哀想な人」になったが、寄付をしてくれる奇特な人間はどこにもいない。飲食不要の魔法少女が、高い金を出してまで美味で高級な料理を食べる意味はない。ゲームの中でもそもそと食べているろくに味のしない保存食で充分だ。

リオネッタは人形の中で自分以外の誰にも聞こえないよう溜息を吐《つ》いた。

◇御世方那子

生来、他人と話して楽しませるということが苦ではなく、むしろ好きだった。父の転勤で日本に移り住んでから二年も経《た》てば日本語は現地人と遜色《そんしょく》なく使えるようになり、中学では友達もたくさんできた。それくらいの時分に、アンナは魔法少女になった。合理主義者のアンナは自分の魔法をいかにして生活の中で役に立てようかと暇さえあれば考えるようになった。魔法少女になったからには、なにかしらのプラスが欲しい。

授業中、体育の時間、昼休み、バスケットボールを受けながら、あるいは投げながら、ランチを食べながら、お喋りをしながら「動物と友達になる」という自分の魔法を役に立てる方法を考え、あまり大きなことをすると「魔法の国」から目をつけられるのではないかという慎重さをもって変更と修正を加え、一つのプランを組み上げた。

校庭の隅に栗の木がある。栗が落ちれば拾ってよい、ということになっているが、狙っている生徒は少なくない。鋭いトゲに覆われ、たっぷりと甘い実が詰まっている。

焼き栗、蒸し栗、モンブラン、ママ特製のマロングラッセ。どう料理しても美味しい極上の栗だということは、学校の皆が知っているのだ。

御世方那子の変身前の少女、アンナ・サリザエもまた狙っている一人だった。栗は美味しい。あの栗の木の栗は、栗の中でも格別に美味しい。是非とも独り占めにして食べてしまいたい。アンナは欲深いのだ。だが単にライバルが多いだけでなく、無茶をする生徒が毎年いたため、今では監視カメラまで設置されている。魔法少女の身体能力でどうにかしようとしたとして、カメラに収まってしまっては具合が悪い。

そこでアンナは考えた。まずカラスと友達になる。そしてカラスに命じて栗の実を落とさせる。アンナは魔法少女に変身せず、昼休みのチャイムギリギリ、人気の少ないタイミングにさりげないふうを装って栗の木の下で待ち、カラスが落とした栗を拾って我が物とする。まさか那子とカラスの繋がりを考える者はいまい。完璧なプランのはずだった。

プランを組み上げ、翌日実行に移した。カラスに栗の実をつつかせ、栗の実が落ちた。

やった！　と思った次の瞬間、真下で待機していたアンナの顔面に栗のイガが直撃し、誰もいない校庭に少女の悲鳴が響き渡った。

◇クランテイル

秋の連休には父の実家に数泊するのが尾野《おの》家のお約束だった。

寧々《ねね》の住んでいる家に比べ、父の実家はずっと山の方、田舎にある。狸《たぬき》や猿といった野生動物と顔を合わせる機会も多く、動物が好きだった寧々にとっては望むところだった。人間よりも動物が好きだ。動物の方がなにを考えているか、なにを望んでいるかがわかる。

祖父母の家では数羽の鶏《にわとり》を飼っていた。野生の動物に比べると、家畜の鶏は人間に慣れている。祖父母は鶏に名前を付けることなく無個性な動物の集まりとして扱っていたが、寧々は意識せずとも彼ら彼女らの個性を覚え、一羽一羽に名前をつけていた。餌をやり、庭に放して運動がてら一緒に遊び、走り回った。

両親には友達がいないことを心配されていたが、動物と仲良くできればそれでいい。

その年はいつもと違っていた。泊まって二日目、昨日と同じように鶏達に餌をやり、遊んでやろうと小屋から出すと一羽足りなかった。吉雄《よしお》、美智子《みちこ》、次郎《じろう》、丈一《じょういち》、絹代《きぬよ》、ここまではいたが、幸《さち》がいない。どこを探してもいない。餌箱の中や小屋の裏手まで探したがいない。逃げたか。それとも猫か犬に襲われたか。ここなら狸や猿かもしれない。ひょっとすると熊が出てたのかもしれない。

考えれば考えるほど悪いことばかりが頭に浮かぶ。幸がどこにいるのか、どうなってしまったのか。急いで大人に報告しなければと走った寧々は台所で包丁を研いでいた祖母を見つけ、どもりそうになるのを抑えて早口でまくしたてた。祖母は不思議そうな顔で寧々を見てこういった。

「なん、知らんかったん。昨日あんたがうめえうめえって食ってた炒り鶏。爺さんに締めてもらった鶏、入ってたんよ」

昨日の夕飯に並んでいた炒り鶏は寧々も食べた。レンコンのしゃきっとした歯ごたえ、里芋のほくほく感、煮汁がたっぷりに染みこんだシイタケ、それにメインとなる鶏肉が――そう、鶏肉だ。秋の食材を差し置き、鶏肉がメインを張っていた。

祖母の言葉の意味を理解し、事実を知り、そこから三日間程記憶が欠落《けつらく》している。

それ以来、祖父の家に泊まることがあっても炒り鶏に手をつけたことはない。

◇ペチカ

ゲームが終わって現実に戻ってきたが、あの時の「ぽかん」と開いたような空白の時間はなんだったのか、という疑問は未だに解決していない。クランテイル、リオネッタ、那子には共通する雰囲気があった。ゲーム内のことに苛立っていたという感じではなかった。もっとこう、なにか別の、あそこではない、どこかのことを考えているようだった。

あの時はゲーム内のことだけでも充分に憂鬱《ゆううつ》だった。他のチームには先行され、狩場から追い出され、那子は騒ぎ、リオネッタはカリカリし、クランテイルも沈んでいた。だが、そんな現状とは別のことを考えていた。驚くべきことに、三人が三人とも。

ペチカはあのゲームが嫌だ。できることなら考えたくもない。戦うことはペチカに向いていないし、ゲーム内のダメージが返ってこないといっても痛いのは嫌だ。だからといってなにもいわず脱落するのは怖い。怒鳴られるだろうし馬鹿にされるだろうしひょっとすると叩かれたり蹴られたりする。そんなマイナスな思いを抱いて嫌々ゲームを続けていたが、現実世界に戻ってから一つ良いことを思いついた。思いついた、というかヒントをもらった。

ヒントをくれたのは二宮《にのみや》君だ。おまけとしか思っていなかったペチカの魔法で作った料理を褒めてくれた。ペチカの料理が、二宮君と二人きりで会って話をする機会を生んでくれた。ペチカの料理は役に立ったのだ。

これはゲームの中でも活《い》かせる。そう考えた。

ゲーム内では空腹度という隠しパラメータがあるとファルがいっていた。そのため、けして美味しくはない、腹を満たすためだけにあるぼそぼそとした保存食を食べている。もしもその保存食が美味しかったらどうだろう。暗く憂鬱な「餌を食べる時間」が、明るく楽しい「食事を楽しむひと時」に変化する。

前回のゲーム内であった食事中の遣り取りを思い出す。

リオネッタ、クランテイル、那子、三人がペチカの振った話題「食欲の秋」に反応した。あの時の暗い雰囲気は、単純にゲームがつまらないとか、上手《うま》くいかないとか、そういうことではなかったように思う。食欲、ということは食べ物だ。実りの秋、一年で最も食べ物が美味しい季節に、なんでこんな不味《まず》い保存食を食べていなければならないんだ、と悲しんでいたのではないか。

ペチカなら変えられる。美味しいだけではなく、保存食代を払わなくても良くなるのでマジカルキャンディーの節約になる。ようやくパーティーに貢献できる。存在に意味がない負のメンバーではなく、食でパーティーを支える正のメンバーになるのだ。

相変わらずゲームには乗り気ではなかったが、それでもやれることが無いよりはあった方がマシだ。

せっかくだから秋の味覚を用意したい。松茸の土瓶蒸し、マロングラッセ、炒り鶏。三人のタイプが違う魔法少女がバラバラの料理を欲している。これをどうやって上手いこと供するか。このままではあまりにも統一感を欠いている。

魔法少女のために食べ物を作る、ということが初めてだったため、一晩考えても纏まらず、翌日、弁当を食べに公園までやってきた二宮君にそれとなく聞いてみた。

「え？　秋の味覚？　そうだなあ。俺はおにぎりかな」

「おにぎり……ですか？」

「小学生の時の秋遠征で食ったおにぎりがすげえ美味しかったんですよ」

まさかのおにぎりだった。だが秋ならではの味覚を挙げるでもなく、自分の記憶に強く残る「おにぎり」を出すのが二宮君らしいと思う、というのは贔屓《ひいき》だろうか。

しかし考えれば考えるほどおにぎりは良いのではないかと思えた。皿や盆、フォークやナイフ箸、あらゆる食器が無い状況でスムーズに食べられる物は限られてくる。それに、おにぎりであれば具に秋の味覚を入れることで食欲の秋を満喫することもできる。

——よし、おにぎりだ。

二宮君に感謝をしつつ、智香《ちか》は床についた。問題はどんなおにぎりにするか、だろう。試してみるにしても、まさか二宮君のお弁当を実験台にするわけにはいかない。誰かに食べさせるとして、誰に頼むべきだろう。一人しかいない気がした。

◇智樹

家に帰るとテーブルの上におにぎりが並んでいた。形の良い白い三角を黒紫色に暗く光る海苔で綺麗に包み、一粒一粒が見えるくらいに米が立っている。湯気とともに流れてくる炊《た》き立ての香りがとても美味しそうだ。

おにぎりが並んだテーブルの横にはエプロン姿の姉が立っていた。姉が作った、ということなのだろうか。たまに料理をしているところを見たことはあったが、おにぎりを作ったことは無かったように思う。こういうシンプルなものではなく、無暗《むやみ》に凝《こ》ってかっこつけた料理を作りたがるのがいつもの姉だった。

「これ、どうしたの？」

「ちょっと食べてみてもらっていい？」

「え？　いいの？」

小学生はいつだって腹を空かせている。こんな時間に腹に溜まるものを食べれば母に怒られるかもしれなかったが、この後で遊びにいってカロリーを消費すれば夕飯を美味しく食べることができるだろう、と楽観的に考えて茶色のおにぎりを手に取った。混ぜご飯だろうか。一口齧《かじ》ると、口の中でなにかがサクッと割れた。

「なんだこれ……レンコン？　おにぎりにレンコン？」

「それは炒り鶏だね」

確かに醤油《しょうゆ》を基調とした甘い味付けは炒り鶏のそれだ。鶏、レンコン、ニンジン、里芋、一つ一つにしっかりと味が染み、ご飯にも通っている。智樹《ともき》は食べ終えてから首を捻《ひね》った。不味くはないが、おにぎりの味としてはどうだろうか。微妙の二文字が頭に浮かぶ。

「他のおにぎりも食べてみてよ」

押しつけられたおにぎりは茶碗に入っていた。汁気たっぷりを通り越してお湯に浸され、ご飯はボロボロに崩れている。嗅ぎ慣れない、だが良い匂いが智樹の鼻をくすぐった。

「松茸の土瓶蒸しおにぎりだよ」

箸立てから箸を取り、茶碗の中身をさらさらとかきこんだ。松茸が高級食材であるということは知っているし、姉がどうやって仕入れてきたのかも不思議だったが、そういった疑問を置いても複雑な味わいが舌に染み入る美味さだ——が、これはおにぎりではない。

「姉ちゃん。これ美味しいけど、おにぎりじゃなくてお茶漬けだよ」

「そうかな。じゃあこっちは？」

差し出されたおにぎりは、ごく普通の白米で握られたものだ。これならと齧り、智樹は顔を顰《しか》めた。甘い匂い。砂糖に浸かった……栗？　栗の味と食感が米に絡んで口中に広が

っていく。

「これ……なに……？」

「えーっと。それはマロングラッセだね」

智樹は冷蔵庫横のゴミ箱に駆け寄り、口の中にあった物体を吐き出し、数度うがいをして口をゆすいだ。姉が抗議しているようだが、耳に入ってこない。

その後、姉との口論に一時間、頼むから普通のおにぎりにしてくれという説得に三十分を費やした。おかしな物を食べさせられた上、小学生なりに持ち得るボキャブラリー全てを使って説得した智樹は疲労困憊《こんぱい》し、九時になる前に床についたが、姉はまだ台所で作業をしているようだった。あの熱意がいったいどこから来るのか不思議に思いながら、智樹は夢の世界に引きこまれていった。

夢の中でもマロングラッセのおにぎりが出てきた。あんまりだと思った。

聖夜の魔法少女ども

『魔法少女育成計画limited』の物語が始まる前のお話です。

初出
「このマンガがすごい！WEB」内
「月刊魔法少女育成計画」

◇魚山護

世の中には「楽しく愉快なクリスマスパーティー」というものがあるらしい。あるらしい、という曖昧《あいまい》な表現をとるのは、魚山護《ととやままもり》が経験したことのないものだからだ。どれだけ人口に膾炙《かいしゃ》しようと、見たことがないものを「確実に存在する！」と断言はできない。

大規模なパーティー、地方の有力者、招待客にちらほら混ざる著名人、有名料理店のオーナーシェフが手ずからこさえた豪華なディナー、そういった要素はパーティーに見合う参加者が享受《きょうじゅ》すべきものであり、一従者が楽しむことなど許されてはいない。ご主人様の後ろで頭を下げたり愛想笑いをしたりといったことをしている間に時間が経過し、パーティーは終わり、日付は翌日になっている。

護が幼い頃からパーティーといえばこういうものだった。しかしメディアではしつこいくらい「楽しく愉快なクリスマスパーティー」が喧伝《けんでん》される。現実とのギャップに落胆しつつ、外面《そとづら》だけはにこやかに庚江《かのえ》の後ろで金魚の糞となる。それこそが魚山護にとってのクリスマスであり、魔法少女になってからも変わらない――と、思われていた。

「本当に本当に無念でならないが、部門の方でパーティーを催さなければならなくてね。主催者が欠席しましたというわけにはいかないのだそうだ」

護とはクリスマスの一日別行動をとらなければならなくなってしまった。主催者が欠席しましたというわけにはいかないのだそうだ」

バランスボールの上で尻を弾ませながら右手にソーサー、左手にカップを持つ庚江はふざけているようにも見えたが、表情は——庚江にしては——申し訳なさそうだった。護はベッドの上に座りながら見下ろす格好で庚江の表情を窺い、窺っていることを気取られないよう自らもカップを手に取り、口元に寄せて顔の半ばを隠した。

「なるほど、部門の方でパーティーね……へえ、ふうん」

「なんだい護。妙な声を出すね」

「偉い人になったって自慢していても独裁してるわけじゃないんだなって」

ちょっとした皮肉を返しながらも、物心ついてから初めてとなる「クリスマスの自由時間」を得たことに驚き、かつ納得していた。人小路《ひとこうじ》庚江——魔法少女「プフレ」は、持ち前の悪辣《あくらつ》さ、計算高さ、ずる賢さ、はったり、コネクションや財力等々を使って「魔法の国」の公的機関で自慢できるくらいの地位を得ていた。基本、そちらには護——シャドウゲールを関わらせようとはしないため、パーティーをするにしても連れていかない、ということにも納得できる。つまり、いつものクリスマスとは違う。

「それで君の予定だが」

「御心配には及びません。私には私の予定がありますから」

「おや、そうかい」

他の誰でもない、庚江のことだ。護が内心快哉《かいさい》を叫んでいたことに気付かれれば、どのような妨害行為に出るか知れたものではない。適度に嫌味を混ぜ、庚江との別行動が護の本意ではないことを示しておき、けして看破《かんぱ》されないよう細心の注意で内心を隠す。予定なんてありはしないのに予定があるのだと強がっている、そう思われたいのだ。

そう、護は喜んでいた。庚江がいなければ舞い踊っている。踊るといえば体育の授業でこなした創作ダンスくらいのものだが、それでも踊っていただろう。自分には縁が無いと思っていた〝「楽しく愉快なクリスマスパーティー」〟を体験できるかもしれないのだ。

ぐだぐだと言い募《つの》る庚江が自室へと戻っていき、護はいよいよ喜びを噛み締め、同時に気を引き締めた。「楽しく愉快なクリスマスパーティー」は確約されているわけではない。ここから先、護の努力によって為《な》すものだ。

それから二日ほど様子を窺った。庚江はどこかの誰かと頻繁に連絡をとっていた。恐らくは「部門のパーティー」とやらの準備で忙しいのだろう。やらなければならないことは多いらしく、それだけ護に対する注意が緩んでいる。油断も隙も無い悪党を出し抜くとしたら今しかない。護は計画を開始した。

まずはパーティーの趣旨、概要を決める。どのようなものにするのか。参加者は誰か。

クリスマスは恋人との逢瀬《おうせ》を楽しむものだ、それこそがリア充だという風潮は護が生まれる前からあった。しかし護には恋人と呼べる相手はいないし、クリスマスまで二週間という今から作ろうというガッツも無い。

家族と聖夜を祝うのも無理だ。主家第一の両親はクリスマスも通常営業で忙しく、もし庚江と護が別行動ということを知れば「暇なら手伝いなさい」ということになりかねない。庚江と一緒にいるという体《てい》を装い、別行動については口に出さない。

となれば友達との楽しい一時《ひととき》ということになる。校内で親しくしているお嬢様方の中でパーティーに誘えば参加してくれそうな顔はいくつか浮かぶものの、庚江抜きで彼女達と付き合ったことはない。校内における護の人間関係は庚江の介在を基本としているのだ。彼女達を誘えば情報が庚江に届くことは容易に予想できる。

ならば純然たる友人、庚江に密告する恐れのない真実の友、共にパーティーを楽しむセリヌンティウスたる存在はいないのか？　そんなことはない、護にも一人だけカムパネルラがいる。魔法の端末を起動しクランテイルを選択、メッセージを送った。パーティーへのお誘いだ。プフレには内密にしておくようお願いすることを忘れない。

返信を待つ間、友達と呼べる人間が少な過ぎはしないかと項垂れ、いや、これから作ればいいと顔を上げ、友達いっぱいの未来を想像しながら待つこと三十分、返事がきた。あまり遅くならないようならという条件付きで了承。ほぼ快諾といっていい。プフレに内密という部分に疑問を投げかけることさえしないあたり彼女は「わかっている」のだ。しばし魔法の端末を胸に抱き、喜びの余韻を味わった。友達というのはこういうものなんだろう。

しかしここはスタートラインだ。クランテイルと二人で祝ってもパーティーではない。ある程度の人数がいてこそパーティーと呼ばれるものになる。

シャドウゲールには招待できる魔法少女の知り合いがいない。それは全てプフレのせいだ。なにかにつけて立ちはだかろうとする庚江＝プフレに対して怒りを燃やしながらも今それをぶつける時ではない。頼り切りというのは申し訳ないが、頼れる相手はクランテイルしかいない。参加の承諾に対する喜びが文面から伝わるよう持っている語彙《ごい》の全てを用いて表現し、お友達もお誘いくださいと付け加えておいた。多ければ多いほど良い、むしろ少ないと困るとまで記し、少々大袈裟か、向こうが引いてしまわないかと悩んだが結局そのまま送信した。少なければ困るというのは事実でしかない。

五分で返信がきた。わかりましたという簡素な文面からはクランテイルの誠実な人柄が滲《にじ》み出ているようだった。無暗《むやみ》に言葉を重ねて他人を煙に巻こうとする誰かさんとは生き方からして違う。クランテイルは基本無口で表情のパターンも少なく、一見すると不愛想に見えなくもないが、尻尾や蹄《ひづめ》などの各部は驚くほど饒舌《じょうぜつ》に感情を示す。それを見ているだけで面白く、愛想が無くとも一緒にいて飽きることがない。そんなクランテイルであれば、シャドウゲールと違って魔法少女の知己も多いはずだ。そしてクランテイルの友人知人であれば、悪い人もいないだろう。プフレを除き。

気安い人達との気取らないパーティーというのも悪くはないが、そもそも気安い人達がいないのだから仕方ない。このパーティーは気安い人達と知り合うためのものだ。プフレを介さない友達を作るため、ここで頑張らずいつ頑張るというのか。

クリスマスまでの二週間、シャドウゲールは注意深くプフレの動向を見守りつつ、内面を気取《けど》られないよう気を払い、慎重にパーティーの準備を進めた。敵は別のパーティーに集中しているようだが、だからといって油断していい相手でないことは泣き叫びたくなるほどよく知っている。派手に動けば見咎められると考えていい。それに、庚江本人が気付かなくとも、なにかあれば庚江に注進しようというスパイもどきは思わぬところに潜《ひそ》んでいたりする。浮き立つ気持ちを抑え、少しずつ、少しずつ準備を整えていく。クリスマスリース、モール、電飾、可愛らしいツリー、クラッカー、サンタクロースや星、ボードゲーム、そういったアイテムを一つずつ別ルートで仕入れ、有名店とはいえないながらも飲食店評価サイトでそこそこの星がついていた洋菓子店でケーキを予約した。人数が多くても問題ないよう、大きく見栄えの良い、そしてサンタ人形が食べられるものを選んでおく。

人小路邸でパーティーというわけにはいかないため、会場についてはレンタルルームを予定していた。が、クランテイルから届いた報《しら》せは「すごく人数が増えてしまいそうですが大丈夫でしょうか」だった。シャドウゲールは誰に見せることもなくほくそ笑みながら「問題ありません」と返し、小さくガッツポーズを作って右拳を固めた。

人数が増えるのは悪いことではない。クランテイルからの返信には「ありがとうございます」という礼に続けて「持ち込みの食べ物と飲み物を用意するそうです」とあった。こちらも大変に有難い。多少の負担は貯金でどうにかする気でいたが、ここで出費を抑えることができれば別の場所に資金を投入することが可能となる。

レンタルルーム、公民館、そういったせせこましい場所は選ばない。学校の体育館は庚江に気付かれる危険性が高く、図書館の会議室も同様だ。帯に短し襷《たすき》に長しといった予定地ばかりという中、普段はぼんやりとしか動いてくれない護の頭脳が、一つ、とびきりと思える妙案を思いついた。

プフレの命によって作られた地下シェルターがある。「魔法の国」から仕入れた対魔法少女用のシステムをシャドウゲールの魔法によって改造、次元を超えて異界と化した緊急用の避難壕だ。シャドウゲールの手で日々改造が加えられ、あらゆる侵入者、あらゆる魔法、あらゆる破壊兵器への耐性を更新し続けていた。

現在、入り口は人小路邸に一つあるきりだ。だが場所は異界、シャドウゲールが改造してしまえば遠く離れた場所に入り口を作ることもできる。浮いた資金を第二入場口制作に投入、そこから客を招き入れ、パーティーが終わった後は魔法で改造した自動掃除機を使ってあらゆる痕跡を消去、第二入場口を解体して証拠を隠滅、何食わぬ顔で部門のパーティーとやらから帰ってきたプフレを出迎える。

——完璧だ……いける！

パーティーの成功、必勝を確信し、魚山護は両手を打ち合わせた。

◇シャドウゲール

魚山護にはパーティーを主催した経験が無かった。

誰かが主催したパーティーに参加したことは何度かあった。主催者は大人であったり、子供であったり、公的機関であったり、営利団体であったりしたが、規模の大小に関わらず特段問題が起こることもなく粛々《しゅくしゅく》と進行して解散の運びとなった。それが当たり前だと思っていた。

主催者の立場となり、初めてそれが当たり前ではなかったのだと思い知らされた。あらゆるパーティーは主催者とそれに連なる人々のたゆまぬ努力によって成立していたのだ。

今にも雪が降りそうな曇天の下、寒風吹き荒《すさ》ぶ山中で人を待つというのは尋常なことではない。寒さに耐性がある魔法少女でなければ耐寒装備万全でも凍死しかねない。

シェルターへの入り口を夕方以降人通り皆無な山道に設置、あくまでも気付かれないことを優先して極秘裏に客を招き入れる、という当初の計画は一人目で修正せざるを得なくなった。開場予定時間の三十分前に現れたその魔法少女は、一人乗りのトラクターにも似た芝刈り機に乗ってやってきていたからだ。シャドウゲールは魔法少女が車に乗ってやってくるという事態を想定していなかったことに遅ればせながら気付き、ここまで来る途中、山道入り口で登山者用の駐車場を抜けてきたことを思い出した。

攻撃的なフォルムの芝刈り機を先導し、更に攻撃的な搭乗者から怒鳴られながら整備の足りない道を下って駐車場へ。車で来る人は他にもいるだろうと「お車はこちらへ」という看板を作り、余っていた電飾でデコレーションして目立つようにした。その間にも魔法少女らしき派手派手しい人々が続々と訪れ、その都度「もう少し行けば入り口がありますす」と説明するが、場所がわかりにくいと文句をいわれて頭を下げることもあり、こちらについても表記が必要かと二つ目の看板を作って「入り口はこの上すぐ」と表示させる。

魔法による改造とはいえ、遠くからでも見える大きな看板を二つ作れば三十分程度はかかる。機械的な部分以外は魔法が使えないためかえって時間がかかるのだ。道の上り下りを足せばもっと時間を費やしている。シャドウゲールが作業を続けている間にも次から次に客が来る。一人一人に挨拶をするだけの余裕もない。広い駐車場は自動車と芝刈り機と空飛ぶ円盤とよくわからない乗り物で満ちていた。自動車免許を持つことができる年齢の参加者が多いということでもあり、クランテイルには年上の友達が多いということでもある。「中学生の魔法少女相手にお姉さんぶる」というプランを「大人の魔法少女相手に人生の機微を教わる」コースに変更し、看板の設置を終えて山道を上っていった。

予想通り入り口は魔法少女でごった返していた。狭い場所に作ったところへ大勢やってきたものだからこうならないわけがない。「行列長いなあ」「なんでこんなに狭いの」といった不満の声が聞こえてくるたび身を縮め、ようやく入り口へ来た。

「メリークリスマース！」

「あっ、はい。メリークリスマス」

学者風の魔法少女が入り口で通せんぼをしていた。帽子から垂らした紐の先には小さなベルがついていて、首元のタイはクリスマスカラーという恐らくは今日に合わせた仕様だ。

「ここから先がパーティー会場になりますです」

「ええ」

「平和な集まりですから武器の類は受付でお預かりすることになっていますです。そういったものを持ってはいませんですか？」

ハサミとレンチを持ってはいたが、これは作業用ツールであって人を傷つけるためのものではない。シャドウゲールは「持っていません」と否定しておいた。

シャドウゲールのあずかり知らないところで受付ができていた。あまり混雑しているものだから自発的に管理、誘導してくれているのだろう。人助けを基本としているということもあり、魔法少女には親切な人が多い。内心感謝しつつ、ようやく会場に入ると中はより混沌としていた。元々まともな空間ではないため広さについての問題は無いのだが、それだけに大勢入ると門前市といった有様になる。

　迷子はこちらへと拡声器で呼びかける魔法少女。キューティーヒーラーのコスプレをしている一団。テーブルの上に乗った料理を落とすことなくテーブルクロスを引き抜いてみせる魔法少女。談笑している名状し難いなにか。特に人を集めているのはクリスマスケーキの製作実演会だ。お菓子のようなコスチュームで眼鏡をかけた魔法少女が主導して五段重ねの巨大なクリスマスケーキが飾り付けられている。トップのサンタクロースはバレーボールサイズだ。細工の美しさ、そしてこれだけ大きくても見るからに美味しそうという同じクリエイターとして感心するほど素晴らしい腕だが、シャドウゲールの用意しておいた市販のケーキはいったいどこに行ってしまったのか。

　眩暈がしそうだ。魔法少女の数が多いだけでなく、バリエーションが異常に豊富だ。本当に全員クランテイルの知り合いなのだろうか。シャドウゲールがちょっと留守にしている間に無関係な人達が集まってはいないだろうか。

「どうぞ」

「あ、どうも」

　レースだのマントだの大蒜《にんにく》だのガーターベルトだので飾り立てた魔法少女からグラスを差し出され、反射的に受け取った。口を寄せ、強い匂いが鼻腔《びこう》を突き、遠ざける。

「お酒ですか、これ？」

「魔法少女でも酔うことができる特別なお酒です」

「すいません、未成年なもので」

「いいじゃないですか、特別な日なんだから」

「いやあ、そういうわけにも」

　押したり引いたりするうちにグラスの中から滴《しずく》が跳ね、シャドウゲールの頬に飛んだ。装飾過多な魔法少女は申し訳ないと詫び、手の甲をシャドウゲールの頬に当てて滴を拭き取り、酒はないかという他所からの呼びかけに応じてグラスでいっぱいのトレイ片手に駆けていった。

　アルコール、それも魔法少女に効果を及ぼすような物を配っていた。魔法少女というのはただでさえ情緒不安定な者が多く、そこにアルコールを足すとどんなことになってしまうのか考えたくはない。クランテイルの友達なら信用できるというレベルの人数ではなく、これだけ大勢いれば危険人物の一人や二人混ざっていてもおかしくはないだろう。

　いよいよクランテイルを探し出さなければと歩き出し、すぐに呼び止められた。

「そこの人」

「はい？」

　強烈な匂いに顔を顰めた。青いネクタイを額に巻き、ラーメン丼を差し出した魔法少女は大きな鍋の蓋を二度叩いた。

「アルコールが駄目ならこちらはいかがか」

「いえ、今は食べてる場合じゃ」

「未だ高みに至らねど劣る味と思ったこともなし」

暖簾《のれん》が翻《ひるがえ》った。巨大なガスコンロから発せられる熱で空気が歪《ゆが》み、傍《かたわ》らでネギを刻む緑髪の魔法少女は全てを諦めたような表情だ。

——屋台……！

パーティー会場に屋台が出る、ということがないわけではない。しかしこれだけ強烈な匂いの豚骨ラーメンという選択は間違っていないだろうか。主催者が許可したというのなら仕方ないかもしれないが、ここにいる主催者は許可を出した覚えがない。かといって主催者権限で営業不許可とするには店主の佇《たたず》まいがただ事ではなく、これ以上この人に絡みたくはないと思わざるを得なかった。周囲にはラーメン丼を抱えた魔法少女達が集《つど》い、美味しい旨いとラーメンを手繰《たぐ》っている。喜んでいる人がいるならそれでいいということにしよう、と心の中で営業許可を出し、押し付けられようとした丼をかわしてシャドウゲールは再びクランテイルを探し始めた。

見れば見るほど人が多い。ネズミのマスコットキャラクターとネコのマスコットキャラクターが天井からぶら下がって遊んでいる。あれはシャドウゲールの用意した電飾を使ってはいないだろうか。大柄な魔法少女がテーブルの上に立ってケーキをむさぼり食っているのは予約してまで購入したクリスマスケーキではないだろうか。どこに行ったと思ったらあんなところで食べられていた。ちょっとしたおつまみ程度に思われたのかもしれない。真っ赤な顔でシャンパンの瓶をラッパ飲みしては大笑いしている魔法少女、彼女が首にかけているのはシャドウゲールが用意したクリスマスリースではないか。

想定していたパーティーとのズレを感じる。ゲームどころではない。クランテイルも見つからない。これだけの人込みとはいえ、あそこまで目立つナリの魔法少女はそういないはずなのに。シャドウゲールは足を止め、右を見た。いない。左を見た。目が合った。

「人をお探しデスか？」

「え、ええ。まあ」

幼稚園児サイズのロボットだった。表面のつるりとした光沢は生き物の持つそれではない。魔法少女なのか、別のなにかなのか。見た目や口調だけでは判断できない。

「これだけ大勢いると大変デスね。まあこれでもドウゾ」

差し出された金属製の筒は、サンタクロースとトナカイを描いた綺麗な模造紙でラッピングされ、中からは色とりどりの棒が突き出している。

「……チュロス？」

「疲れている時は甘い物が必要デスよ」

シャドウゲールは頷き、腰をかがめて桃色のチュロスを一本抜き取った。口の中でさくりと崩れ、甘さになって広がっていく。自然と吐息が漏れた。

「美味しい……」

「デショウ」

礼をいおうとロボットの方を向くと、掌を上にして突き出している。

「三十万円デス」

「えっ……お金とるんですかってなにその価格設定！」

「タダであげられるわけないデショウ。ボランティアでやってんじゃないんデスよ」

「いや、でも、ここパーティーの会場で……そもそもその価格設定」

「ふふん。まあこれを見るといいデスよ」

ロボットが懐から取り出し、ひらりと翻して見せたのは色鮮やかな紙切れだった。蛍光色の文字が躍っている。可愛らしいフォントで「パリピ専用」とあった。

「時間を超え空間を超えたどこかの魔法少女クリスマスパーティーに参加できるというチケットデス。文句ありマスか？」

「いえ……無いです」

これを見せられては文句をいうことができない。なぜ文句をいうことができないのかはわからないが、とにかく文句をいうことができない。

「でも……持ち合わせないいんですよ。三十万円ってそんな」

「そういう方のためにモノで払うことを許可していマス。むしろモノで払って欲しいくらいデス。そのために無茶な価格設定にしてるわけデスし」

「え……今なんて？」

「お気になさらず。それよりもモノをお願いしマス。アナタも魔法少女デショウ。なにかできるんじゃないんデスか、なにか。こっちは焦っているんデスよ」

「はあ……たとえばどんな？」

「一帯薙《な》ぎ払うようなビーム砲とか、ビル吹き飛ばすようなミサイルとか」

「そんな物騒な……」

「どう考えてもこれから物騒になるんデスよ！　魔法少女でいるためならなにやってもいいって無茶するヤツが絶対に出てくるはずデス。というか、そういうヤツに心当たりが有りマス。ワタシには自衛の必要性があるのデス」

ロボットの表情を読み取ることは困難だったが、必死ではあるようだった。それにシャドウゲールとしても三十万円を払うことはできず、なにかしらしなければならない。

「攻撃が無理なら防御はどうデス？　銃弾とか爆弾に対する防御力アップなんてのができるといいかもしれマセンね。あいつと仲間になれるとは限りマセンし」

「ええと……どういう話かはわかりませんけど、防御力を上げることくらいなら」

材料は看板製作の残りくらいしかないが、相手はロボットだ。周囲の目を気にしながらレンチとハサミを振るい、とにかく防御力が上がるように表面をコーティングしていく。途中で材料が尽きてしまい、電飾のカラーセロファンを活かした耐熱耐衝撃耐銃弾性能が八割増しになる保護コーティングは正面だけで背中の分が足りなくなった。盾というのは前面に掲げるものだし、まあ問題はないだろうが、正直に話せば文句が出そうなので黙っておくことにした。

「できました」

「おお……心なしか頑丈になったような気がしマス」

手鏡で矯《た》めつ眇《すが》めつしているロボットを残し、そそくさとその場を立ち去った。ああいう図々しいタイプは際限なく要求を膨《ふく》らませてくる。長い間お付き合いしたくはない。

さてクランテイルを探さなければと周囲を見回した矢先、悲鳴があがった。声の方に顔を向けると魔法少女が天井に向けて跳び、ぶつかって床へ背中から落ちていき、物が壊れる音と複数の悲鳴が重なった。悲鳴は更に広がり、大きくなっていく。

シャドウゲールは慌てた。なにが起きている。楽しそうな酔っ払い、やんやと囃《はや》し立てている魔法少女、この辺に聞いても意味は薄そうだ。とにかく騒ぎの方へ近づいていくと、キューティーヒーラーのコスプレ集団が揉み合っていた。周囲を取り巻いている中に「あなると思っていた」と話している魔法少女を見つけ、話しかけた。

「なにが起きたんですか？」

「キューティーヒーラーで最強は誰かという話からダークキューティーの名前をあげる子がいたんだそうでございますです。ダークキューティーはキューティーヒーラーとしてカウントしちゃ駄目だろうってキューティーパールがいったのを聞いたキューティーアルタイルがガチ切れ、喧嘩《けんか》になったのを止めようとしたキューティークラウドが殴り飛ばされているというわけでございますですよ」

固有名詞が飛び交っているためなにがなんだかわからない。キューティーヒーラーを見ても「キューティーヒーラーだなあ」くらいしか感じず、個々の判別ができないシャドウゲールにしてみれば「そんなのどうでもいいじゃないか」としか思えないが、ファンならではのこだわりがあるのだろう。かといって喧嘩をされても困る。

揉み合いは激しさを増していく。殴るような音や蹴るような音まで聞こえる。「誰か止めさせろ」「主催者どうした」という無責任な野次が周囲から飛ぶ。パーティーを主催する者はそこまでしなければならないのか。責任が大き過ぎはしないか。

シャドウゲールは甘かった。パーティーを主催するとはこういうことだと知りもせず安易な気持ちで人を集めてしまった。会場の準備をすればそれで終わりだと考え、どんなアクシデントがあろうとも受け止めてみせる気概などありもしないのに開いてしまった。

こうなればもう身体を張って問題を解決するしかない。悲壮な決意を胸に一歩二歩と進み、三歩目で魔法少女が飛んできたため思わず後退し、意を決してもう一度進む。周囲がざわつき、思わず顔を上げた。シャドウゲールに対する反応ではない。人の群れが割れ、その先にいる者が見える。ざわめきはそちらの方から大きくなっていく。シャドウゲールは目を疑い、自分の頭をも疑った。しかし彼はそこに厳然と存在した。

「やあやあ、お待たせしたかな」

赤い服、白い髭、恰幅《かっぷく》の良い体。唐突に出現した老紳士はどこからどう見てもサンタクロースにしか見えなかった。老紳士の後から現れたクランテイルは巨大な橇《そり》を引き、橇の上には見合う大きさの白袋が山と積まれている。

「良い子のみんなにプレゼントを持ってきたよ」

わっと声があがった。魔法少女達が一斉にサンタクロースの方へ向かっていく。もう喧嘩もなにもあったものではない。シャドウゲールは傍らのテーブルに手をつき、深々と息を吐いた。クランテイルがトナカイの角を頭につけていたこと、つまり下半身がトナカイだったらしいことに遅れて気付いた。

◇物知りみっちゃん

「ねえみっさん、この数一人一人追いかけて全員どこに行くか調べるとかちょっと勘弁してって感じなんだけど、ていうか普通に考えて無理だと思うんだけどちょっとみっさん」

「経費でケーキ作りできるなんていって浮かれてたんだからそれくらい頑張るですよ」

グラシアーネは未だ繰り言を口にしていたが、みっちゃんはインカムの電源をオフにすることで強制的に打ち切った。グラシアーネは愚痴っている時ほどよく働く。

「着ぐるみをイグルミに」

サンタクロースの着ぐるみが消え、紐のついた矢「イグルミ」が生じた。着ぐるみの中にいた魔法少女は「おお寒い」と両腕をかき抱き、トナカイの魔法少女が後ろから押してきた車椅子に腰を下ろした。

「二人とも苦労をさせたね」

トナカイの魔法少女は首を横に振り、みっちゃんもそれに追従した。多少の苦労はあろうとも人死にが出ない祝い事で賃金が貰えるのだから喜ばしいことだ。駐車場の方からは魔法少女のかまびすしい声が聞こえる。

「しかし、よくここまで人を集めたものだ。君も案外顔が広いな」

トナカイの魔法少女は小さく首を横に振り、「呼んだのは二人だけでしたが、人が人を呼んで数が増えました」と続け、首を傾《かし》げた。

「サプライズパーティーではなかったんですか？」

「なぜそう思うんだい？」

「プフレには内緒にしておくようにといわれていたので、驚かせるのかと」

「私は耳が良いからね。秘密にしていることでも聞こえてしまうんだよ」

トナカイの魔法少女は納得したように何度か頷き、「後片付け、手伝ってきます」と頭を下げ、駆けていった。車椅子の魔法少女は「私は見つからないように帰らないとね」と駐車場とは逆方向の山道へ車椅子を向け、ふと天を見上げ、掌を差し出した。

雪だ。白く小さなひとひらがふわりふわりと落ちては消える。なんとなく感傷的な気持ちがこみ上げ、みっちゃんは頭を振った。小さなベルがからころと音を立てた。車椅子で山道を上っていくボスの後に続いて駆け出し、ベルの音も追いかけてきた。

「参加者の洗い出しは終わってますです。問題のある者はいませんです」

「それは重畳《ちょうじょう》」

「人事部門の方は」

「そちらのパーティーは早々に切り上げて抜け出してきたよ。なにせ私は病弱で通っているからね。具合が悪いふりをすれば許される」

他部門や本国の魔法使いまで参加する大事な会合だったはずだが、ボスは気楽に言い捨てた。みっちゃんは言葉を選ぼうとし、しかしやはり言葉を選ばず質問した。

「今回のこれ、どういう狙いがあったんです？」

「来年はより楽しいクリスマスパーティーを開催しようと思っていてね。その予行演習さ」

正月と亀

『魔法少女育成計画limited』の物語が終わって少しした頃のお話です。

初出
『魔法少女育成計画スクールカレンダー2016』
（ツクルノモリ株式会社）
付録小説本『魔法少女育成計画 circle of life』

魔法少女と一緒に暮らすようになってからテプセケメイは忙しくなった。しっかりと守りを固めるために家を改造し、これ無しでは生きていけないと魔法少女がいう「仕事」についていって手伝いをする。その上、食べたり飲んだり探したりつついたり噛んだり叩いたりといった普段やらなければならないことが無くなったりするわけではない。

さらにさらに、覚えなければならないことがたくさんある。

人が集まっている場所を観察し、テレビを見て、本を読み、言葉を覚える。本のことを本と呼ぶのは本で覚えたし、テレビのことをテレビというのはテレビで覚えた。他には新聞というものもあるが、テプセケメイにはまだ難しい。どんどん覚えていけば、いつか新聞も使いこなすことができるようになるのだろう。

今は新聞のことはいい。それよりも、テプセケメイの周り――家の近くでなにかが変わりつつあることが気になっていた。

テレビも変わってきている。本は変わらないが、人間が集まっている場所は変わっている。テプセケメイは太陽が出てから無くなるまでに一度か二度、家の上にぷかぷか浮くと決めていたが、上から見るとよくわかる。そこも、そこも、そこも、飾りや明かりが増えて、キラキラと光っている。遠くで歩いている人間もどこか楽しそうに見える。テプセケメイが苦手としている「笑う」ことをしている。

明るくなる「朝」と暗くなる「夜」を繰り返すのが一日。一日を何度も繰り返すと暑くなり、寒くなる。暑くなるのと寒くなるのを繰り返すのが一年。一年を何度も繰り返すと、死ぬ。これが一生。ここまでは本で覚えた。

人間に守られていた時のテプセケメイは知らなかったことだ。人間はカメのメイを大切に思っていたらしく、死なないように温度を保ち、死なないように餌を与え、死なないように水気を切らさず、そのためテプセケメイは死なずに今も生きている。

だがテプセケメイは人間に守られていた頃よりも今の方が好きだ。楽しい。だからこそ大変なこともしなければならないのかもしれないと思っている。楽しいことには常に大変なことが付きまとう。なので少年少女は気をつけよう。テレビはそういっていた。

庭の木や草、虫、なにもかも元気がなくなっている。寒くなっているからだ。だが人間の集まりやテレビは元気をなくしていない。元気になっているといってもいい。音をたくさん出すようになり、光をたくさん出すようになり、元気いっぱいに見える。人間は「服」を変えることで寒くなっても暑くなっても生きていけるようにしている。寒くなっているから人間は服を増やして寒さに対抗している。しかしただ対抗しているだけではない。人間達はどんどん元気になっている。いくら服を使っているからとはいえ少しおかしい。テプセケメイは一緒に暮らしている魔法少女に訊《き》いてみた。

「なんで？」

「ああ、それはクリスマスが近づいているからですね」

「クリスマス？」

「サンタクロースがトナカイに橇《そり》を引かせてやってきてプレゼントをくれるんですよ」

「なんで？」

「いや、なんでって……そういう行事なんです」

「なんの条件もなく物をくれるというのは騙そうとしているに決まっている」

「あなたはそういうところだけ妙にしっかりしてるというか難しい言葉知ってますね」

「こんなに良いことがありますよとしかいってこないやつは詐欺師《さぎし》」

「テレビを見過ぎているのかな……」

「ピティ・フレデリカもそうだった」

「いや、まあ、その通りかもしれませんが……というかなんで敵の名前だけしっかり憶えているのに私の名前は未だに憶えてくれないんですか」

「サンタクロースは詐欺師」

「違います。ええと……そう、条件はあるんですよ。サンタクロースは良い子にだけプレゼントをくれるんです。悪い子にはなにもあげません」

「良い子」

「そう、良い子です。これによって子供達は良い子になろうと努力しようとするようになり、世の中はより良い方向へ動いていくのです。ほら、サンタクロースは無償でプレゼントをくれるだけではないということがわかるでしょう。あの人はプレゼントによって世の中をより良くしようとしているんですよ。だから大丈夫、詐欺師じゃないからセーフ」

「メイも良い子」

「断言するんですね……」


魔法少女にサンタクロースのことを教えてもらってから、何度か夜と朝を繰り返した後の朝。テプセケメイのランプの傍《かたわ》らに長靴に入ったお菓子が置いてあり「よいこのテプセケメイへ　サンタクロースより」と書かれたカードが添えられていた。

チョコレート、キャラメル、キャンディ。きらきらと光る包みをとってみると、中身もきらきらと光っていて美しい。美しいだけでなく、口の中に入れてみればどれも美味しい。ゆっくりと舐《な》めても、がりがりと齧っても、甘い。

テプセケメイはお菓子を食べながら知った。サンタクロースはいる。プレゼントを餌にして世の中の子供達を操ろうとしている何者かは確実に存在する。

クリスマスの謎は解けた。だが不思議なことは次から次にやってくる。人の集まりもテレビもクリスマスが終わったというのに元気を失くしていない。むしろもっと元気になっている気がする。

「なんで?」

「ああ、それはお正月が近づいているからですね」

「オショウガツ？　サンタクロース？」

「いや、サンタクロースは来ませんよ」

「じゃあなにが来る？」

「なにが来るというか……一口にはいえないなあ。色々来ますよ、色々」

なにか他に「仕事」をしていたらしく、ろくに説明をすることもないまま魔法少女は自分の部屋へと戻っていった。ただ一人残されたテプセケメイはオショウガツについて考えた。が、この説明でわかるわけがない、ということがわかっただけだった。


なにかを知るための方法はいくつかある。本を読む。テレビを見る。魔法少女に教えてもらう。もう一つ。魔法少女以外の誰かに教えてもらう。たまに家にやってくる魔法使いはたまにしか来ないので期待ができない。外には人間が大勢いるのだから人間に教えてもらえばそれでいい、とテプセケメイは考えた。

魔法少女はテプセケメイがテプセケメイのままで外に出ることを嫌がる。しかしテプセケメイはこの姿のままで外に出たい。どうすればいいかと話したところ、魔法少女はとても苦しそうに考えて考えて考えて、一つ考えついた。

「ひったくりに注意」と書かれた板に杭《くい》が括《くく》りつけてある。これは「看板」という。

これを持っていれば普通の人間と少しくらい違った格好をしていても大丈夫、と魔法少女が教えてくれた。飛ばず、増えず、大きくならず、これを担いで足で歩いていればいい。テプセケメイはランプやクリスマスの靴やお菓子の包みが入った大宝箱の底から看板を取り出し、外に出た。人間がたくさんいる場所へ行く。そこで教えてもらえばいい。

しばらく人間のように足を使って歩いていると、男がテプセケメイを見ていることに気がついた。テプセケメイは男に訊いてみた。

「正月？　年始回りが怠《たる》いよな。ところでこの辺ってひったくり出るの？」

女に訊いてみた。

「あら、かわいい。え？　お正月？　そうね、お汁粉？　お雑煮？　お餅？　ああ、お餅でいうなら餅つきもあった。餅といえば、あなたすごくもち肌ね。羨ましいわあ」

子供にも訊いてみた。

「遊びっていうと羽子板《はごいた》とか福笑いとかコマ回しとか凧揚《たこあ》げとか？　でも今そんなのしねーよな。それよりお年玉いっぱいもらえるといいな。もらったーって思っても毎年毎年半分くらい親に巻き上げられてさ。将来のため貯金してるとかいってるけど怪しいよな」

年寄りにも訊いてみた。

「初詣には行こうと思っているよ。一年の計は元旦にありというからね」

オスとメスのつがいにも訊いてみた。

「初夢とか？」

「でもその前に姫始めしなきゃだろ」

「ちょっともうそういうのやめてよー」

様々な情報が手に入った。一つ一つメモ用紙に鉛筆で記していき、鉛筆の芯が短くなったら颪の刃《やいば》で先を削って尖《とが》らせる。やはり外で調べたほうが家の中にいるよりも稼ぎが多い。

サンタクロースとプレゼントというわかりやすいクリスマスに比べて、情報が多過ぎてややこしい。オショウガツというのはクリスマスよりも複雑ななにかのようだ。

もっと知らなければならない。もっと覚えなければならない。人間達の中で生きていくためには勉強が大事だ。なにも知らなければ食い物にされるだけ、とテレビがいっていた。さらにオショウガツへの理解を深めるため得た情報を元にテレビや本を利用しようと考えていたが、テプセケメイの情報収集よりも人間達の変化は速かった。

テプセケメイがテプセケメイでなかった頃は、ゆっくり動いていても困ることはなかった。自分のペースで静かに落ち着いて餌を食べ、糞《ふん》をし、水槽の外を見る。水槽の外が水槽の外であるという自覚もなく、自分が人間に餌を貰っているという自覚もなく、自分が自分であるという自覚もなく、緩やかに生きていた。

人間達は空気や餌とは違い、テプセケメイに合わせてくれるわけではない。人間達の縄張りの中は、木の葉が枯れて落ちるよりも早く変わっていく。「店」に並ぶものが変わっていく。二段や三段に重ねられた白くて硬いものがずらっと並んでいる。赤と白の紙が組み合わさって下がっている。大きな武器に顔や綺麗な物がくっついている。

外だけでなく中も変わる。魔法少女はいつも以上に忙しそうだった。「オオソウジ」をしよう。「オセチリョウリ」を作ろう。全部オショウガツ対策らしい。テプセケメイは魔法少女を手伝った。今、自分がなにをしているのかわからなかったが、これはきっとオショウガツのためにやらなければならないことなんだろう。そう思った。

それから太陽は何度も出たり消えたりを繰り返し、いよいよ寒くなった。外は華やかに、テレビの中はもっと華やかになっていく。なにかが変わる。少しずつ、少しずつ、上向きに、前に、上がって、進んで、それがどこか、天辺《てっぺん》か、それとももっと上か、すごいところに行こうとしているのがわかる。

太陽のない時間——夜になるとどこかでなにかが音を立てていた。魔法少女は「ジョヤノカネ」という。一つ叩く度に「ボンノウ」が無くなるらしい。人間はとんでもないことをするものだな、と蕎麦《そば》を啜《すす》りながら思う。テプセケメイはネギをたっぷり使った蕎麦が好きだ。

「今はオショウガツ？」

「今は大晦日《おおみそか》です。お正月はもうちょっと先ですよ」

テレビの中では人間達が音を出していた。これはテプセケメイも知っている。歌ったり、踊ったりという行為だ。嬉しいことがあった時、楽しいことがあった時、人間は、歌ったり、踊ったりする。オショウガツが来るのが嬉しくて、楽しいのか。

それからテプセケメイと魔法少女は「オショウガツはまだ?」「もうちょっと」という遣《や》り取りを何度か繰り返し、そしてとうとうオショウガツはやって来た。

「今はオショウガツ?」

「そうですよ。あけましておめでとうございます。今、お雑煮作りますから」

オショウガツが来てしまった。クリスマスはサンタクロースがやってくる。オショウガツにはいったいなにがやって来るのか。テプセケメイはオショウガツへの準備を全くしていない。良い子でなければサンタクロースからプレゼントがもらえないように、なにかしら準備しておかなければならなかったのではないか。

「アケマシテオメデトウとはなに?」

「挨拶ですよ。おはようございますとかこんにちはのお正月バージョン」

「アケマシテオメデトウ」

「はい、おめでとう」

テプセケメイの気づかない間にオショウガツが来てしまっていたらしい。どうするべきか。なにをすれば良いのか。未だに定まってはいない。メモをめくり、オショウガツの対策を考えていたら魔法使いがやってきた。

「マナさん、あけましておめでとうございます」

「アケマシテオメデトウ」

「おめでとう。今年もよろしく」

「テプセケメイ、マナさんにお茶をお出しして」

オショウガツにやってくるのはサンタクロースではなく魔法使いだった。テプセケメイはソファーに座る魔法使いの元にお茶を届け、顔を覗き込んだ。

魔法使いは「ん？　どうした？」といってから、少し考えて顔を変えた。テプセケメイは知っている。人間の顔、特に笑った時の顔については研究をしている。これはにやりと笑っている顔だ。

「お年玉が欲しいんだな？　ふん、当然用意してきてある。ありがたく受け取れ」

魔法使いは巾着《きんちゃく》から紙の袋を取り出し、テプセケメイに手渡した。

テプセケメイはメモ帳に記したことを思い出した。あの中には「オトシダマ」があった。魔法使いが今渡した、これがオトシダマということなのだろう。無事にオショウガツをこなしているようだが、油断をしてはいけない。油断は死に繋がる。テプセケメイはオトシダマからの流れを頭の中でリピートさせた。次は、これだ。

「オトシダマ」

「うん」

「マキアゲラレル」

「え？　そうなのか？　７７５３《ななこさん》に？」

「ショウライノタメニチョキン」

「ああ、確かにそれは大事だな」

スムーズに会話が出来ているようだ。やはりこれで正しい。メモにある言葉を使うことでオショウガツを乗り切ることができるという確信を持ち、テプセケメイは続けた。

「ハツモウデ」

「ん？　ああ、いいんじゃないか。お前に信心があるとは意外だな」

いまいちしっくりこない。上手く繋がっていないような気がする。

「モチハダ」

「は？」

これではない。

「フクワライ」

「どうしたんだ？」

違う。

「ハツユメ」

「いきなりなにを……」

これも違う。

「ヒメハジメ」

「はあ？　ええ？　お前なにを」

賢明なテプセケメイは魔法使いの声が大きくなったことに気が付いた。モチハダ、フクワライ、ハツユメという言葉を口にした時とは明らかに反応が違っている。

つまり、これだ。

「ヒメハジメ！　ヒメハジメ！　ヒメハジメ！　ヒメハジメ！」

「連呼するな！」

「オショウガツにはこれが欠かせない」

「いやいやいやいやいや」

「さあ」

「さあって、なんだ、おい……お前……ち、近寄るな！　７７５３！　７７５３！　こっち来てこいつ止めろ！　おい！　やめろ！　こらあ！」

ビーチのお姫様

『魔法少女育成計画JOKERS』の
物語が始まる少し前のお話です。

初出
『魔法少女育成計画スクールカレンダー2016』
（ツクルノモリ株式会社）
付録小説本『魔法少女育成計画 circle of life』

休憩中のブリーフィングルームでは毎度のようにくだらない話題で盛り上がる。季節の中で一番好きなのはという問いにそれぞれが「雪が好きだから冬かなあ」「秋は食べ物が美味しくて良いよね」「やっぱ春」と答える中、夏こそがピュアエレメンツに相応《ふさわ》しい季節と言い出したのはインフェルノだった。彼女は偃月刀《えんげつとう》を振り回して熱く主張した。

「春や秋にそのカッコは寒いでしょ。あたしら水着じゃん、夏に着るべき服着てんじゃん」

他三人はともかくとして、インフェルノのコスチュームは水着というより下着なんじゃないかと考えたデリュージが思いを口にすることはなかった。

「インフェルノは水着じゃなくて下着でしょ。ガーターもあるし」

テンペストはデリュージほど配慮せず、遠慮会釈《えんりょえしゃく》無しに思ったことをズバリ口にした。インフェルノは「ガーター取ればセーフ」と返し、クェイクは「ガーター取ればセーフって発言はアウトっぽいなあ」と笑い、デリュージも「確かに」と笑った。

「せっかく今が夏なんだよ？　ピュアエレメンツの季節なんだよ？　だからこそさ、こう、特別なすごい活動してみたいとか思ったりしない？」

「なんで夏がピュアエレメンツの季節になるのさ。インフェルノが夏を好きってだけでしょ。わたしは夏よりも春の方が好きだからピュアエレメンツの季節は春ね」

「でも格好からいって夏がピュアエレメンツの季節っていうのは……そうだ、試そうよ」

「試す？」

「今は夏じゃん？　夏といえば海じゃん？　みんなで海に行ってさ、ピュアエレメンツの夏っぷりを試してやればいいと思うんだけどどうよ」

「いや、駄目でしょ。魔法少女のままで海に行くとか」

「そんなの聞いてみるまでわかんないじゃーん。先生ならきっといいね！　っていうよ」

「いわないと思うけどなあ……」

◇プリンセス・デリュージ

魔法少女になるにあたり、田中《たなか》先生には「正体を伏せよ」と教えられた。どこからディスラプターに情報が洩《も》れるかわからない。たとえ友人や家族であっても魔法少女であることは秘密にしなければならない。魔法少女と悟られるような振る舞いはするべからず、と。

なのに今回は海に行っても良いという。ご丁寧に、行き帰りのバスチケットまで用意してくれた。プライベートビーチや絶海の孤島といった他人の目を気にしなくていい場所ではない。観光客でごった返している有名な海水浴場だ。

テンペストは張り切り、インフェルノもやっぱり夏は燃えると騒いでいた。クェイクは特に騒ぎ立てこそしていないものの、慈母《じぼ》のような優しい微笑みでテンペストとインフェルノの二人を見ている。現状を問題視しているようには見えない。

隠密行動用のTシャツとパーカー、綿のパンツに着替え、装身具を外し、髪を結い直し、そこまでしても四人の魔法少女は目立つ。目立つ連中が騒ぐものだからさらに目立つ。目立っても良いものなのだろうか。バレなければそれで良いというのは考え無しではないだろうか。溜息が出そうになり、喉元で堪えた。先生が許可したことまで心配し、一人だけうじうじと悩んでいるのは損をしている。これでは変身する前の青木奈美《あおきなみ》と同じだ。

デリュージは意を決した。なるだけ目立たないように、正体がバレないようにフォローはしつつ、自分も楽しむ。なにせ海だ。プリンセス・デリュージのホームである水場だ。研究所の中では活かし難いデリュージの特性を全開で発揮できる。

少しだけポジティブな気持ちになれたところで、

「あっ！　見て！　あれ！　海！」

テンペストがデリュージの膝の上に身を乗り出した。デリュージはテンペストが指差した先を見た。窓から強烈な光が射している。ガードレールの向こうは砂浜と海だ。

◇プリンセス・インフェルノ

駐車場のそこかしこに翻る幟《のぼり》には「ビーチバレー大会」と可愛らしいフォントが躍《おど》り、

回転レシーブを決める可愛い女の子のイラストが描かれている。なにかを消したような跡がうっすらと残っていて、光に透かすと「――王塾――獄――」といった文字が見えた。なにか別のイベントで使った物を流用しているのだろうか。

テンペストは縛った髪を解《ほど》き、デリュージは逆に二つにまとめた。クェイクは三つ編みを解いただけだが、想像以上に髪の量があり、見た目の印象は四人中一番変化している。露出度は普段と変わらないが解放感があった。衣服という枷《かせ》を外し、昼日中に下着と変わらない露出度で出歩く、夜型魔法少女活動では得られない解放感だ。

テンペストの健康的な太腿は飛ぶも走るも変わらずに跳ね、クェイクの重量感ある胸は笑うだけで震え、デリュージのスレンダーなボディがしなやかに動く。インフェルノは自分のバストとヒップを二度ずつ揉み、その柔らかながら反発性に富む存在感に深く頷《うなず》いた。

「みんなエロいねえ」

「なにをしみじみと……それよりインフェルノとクェイク、尻尾どうすんの？」

「ああ、これ小さくできるから」

「えっ、なにそれ初めて聞いた」

蠍《さそり》の尻尾を小さく目立たなくすること自体はできる。微妙に疲れやすくなる上、攻撃手段を一つ失うため、普段からこれをする意味はない。さらにパレオを巻きつけた。

「こうやってパレオで隠しておけばオッケーっしょ」

しっかりと巻きつけておけば、人前でとんだり跳ねたりしても問題はない。

テンペストは「いってきまーす」と駐車場を飛び出し、クェイクは「私もちょっと」と走り去り、デリュージが「あれ、自由行動なの？」と戸惑いながらもビーチへ駆け出そうとしたところでインフェルノの右手がデリュージの肩を掴《つか》んで止めた。

「え？　なに？」

「デリュージはビーチバレーのルール知ってる？」

「バレーボールなら授業で習ったけど」

「セットアッププレーやハンドリングに関するルールはゲーム開始前に教えてあげるね」

「え？　ごめん、話が見えない」

インフェルノは立派な睫《まつげ》でウインクしてみせた。

「二人でビーチバレーの頂点目指そう！」

「え？　私も出場するの？」

「そりゃそうだよ。二人一組で出場しないといけないんだから」

インフェルノは未だ戸惑うデリュージの背を押した。目指すはビーチバレー大会会場だ。

「あたし達のコンビネーションなら優勝は固いっしょ。なにせ水と炎のコンビだよ」

「対消滅《ついしょうめつ》しそうな気が……」

プリンセス・インフェルノ――緋山朱里《ひやまあかり》は、全力で走ることができなくなった少女だった。彼女は魔法少女になることで、また全力で走れるようになった。それだけでも充分嬉しかった。

だが、こうも思うのだ。誰かと競い合い、それに勝利することができればもっと嬉しい。ピュアエレメンツの皆と協力してディスラプターと戦うのは悪くない。しかし、インフェルノの、緋山朱里の根っこは競技にある。誰かと競いたい。そして勝利したい。

浜辺の端で人だかりができている。ビーチバレー大会の幟が林立《りんりつ》し、ゆるキャラの着ぐるみやコスプレをしている人達もいるようだ。インフェルノはデリュージの手を引き、人だかりに向かって駆け出した。

◇プリンセス・クェイク

水着回だ。魔法少女ものには付き物と噂で聞く水着回だ。

プリンセス・クェイクはスケッチブックを片手に浜辺を歩いた。焼けた浜辺を素足で歩いていても火傷《やけど》することはない。なんの準備も無しで優雅に砂浜を歩くことができる。

サンダルが不要なだけではなく、日焼け止めも不要だ。日焼けでのたうつことはない。魔法少女の肌が紫外線に敗《やぶ》れることはないと先生が太鼓判を押してくれた。恐ろしいまでの肌色率で露出していても全く問題はないということだ。

これが茶藤千子《さとうちこ》のままであれば問題しかない。ありがとう魔法少女と心の中で感謝し、スケッチブックを開いた。海水浴客の中から目当てを探し、見つける。魔法少女の視力があれば沖でゴムボートに乗っていようと浜辺の端で埋まっていようと見つけ出すことができる。ありがとう魔法少女ともう一度心の中で感謝した。

スケッチを開始する。波打ち際で遊ぶ子供、浮輪に掴まり泳ぐ子供、目隠しをしてバットで西瓜《すいか》を叩く子供、水着姿の子供達は宗教画に出てくる天使を思わせる。

スケッチに精を出していると「ねえ、そこのお姉さんってば」という声が聞こえた。声が近かったこともあり、スケッチブックから顔を上げると茶とオレンジの中間色といった髪色の若い男がクェイクの目と鼻の先にいた。慌てて周囲を見回したがクェイクの他には誰もいない。つまり、この男はクェイクに声をかけている。

「まずい」と思った。他人に自慢できるようなことをしていない。スケッチブックを閉じ、私はなにも悪いことなんてしていませんよという顔を作り「なにか？」と応えた。

「一人？　浜の東側でイベントあるらしいんだけど、一緒に行かない？」

男はにこにこと笑っていた。しばしの間、ぽかんと見返し、意図がわかった時は違う意味で慌てた。監視員に不審な振る舞いを見咎《みとが》められたのかと思っていたが、これはナンパというやつではないだろうか。まさか自分がその対象になるとは思ってもいなかったため、どうしたものかまるでわからず「すいませんごめんなさい」と悪いことでもしたかのように何度も頭を下げ、へどもどしながらどうにか逃げ延びた。

　まさか自分の身にこんな大事件が降りかかろうとは思ってもいなかった。世の中というのは本当に恐ろしいものだと思って前を見ると、そこには笑顔の男が二人いた。

　それから十メートル間隔で声をかけられた。気の利いた断り文句がいえるわけでもなく、かといって応じるわけにはいかず、スケッチブックを抱えたまま、あちらへ行き、こちらへ逃げを繰り返す。このまま逃げていてはスケッチをする暇がない。茶藤千子として身に着けた潜伏術を使おうと物陰から物陰への移動を試みたが、あっさりと見つかり「なにしてるの？」と声をかけられてしまう。

　プリンセス・クェイクは隠れ潜むことに全く向いていない。

　混乱、戸惑い、恐怖、元が千子なのに声をかけられてしまう申し訳なさ、そしてほんの少しだけ嬉しい気持ち、さらには水着でいることさえ恥ずかしくなってきて、なんでこんな少ない布地で臍《へそ》や太腿、胸の谷間まで不特定多数に見せているのだろう。なるだけ小さくなろうとしても、柔らかで、しかし形が崩れない豊満でなまめかしい姿態《したい》がそれを許してくれない。下手《へた》に身を縮めようとしてスケッチブックで胸を抑えようとしても、その行為によってバストが強調され、より性的になってしまうというジレンマ。その場に穴を掘って隠れてしまいたい気持ちを抑えながら逃げ惑う中で、クェイクはテンペストを発見した。神はいた。心底からそう思った。

急いでテンペストに駆け寄ろうとし、しかし足を止めた。テンペストはいかにもナンパ目的というチャラそうな男に話しかけられ、笑顔でそれをいなし、颯爽《さっそう》と去っていく。余裕と貫禄《かんろく》のある振る舞いだ。クェイクとテンペスト、どちらがより大人の女性かといえば、圧倒的にテンペストだ。いい知れぬ敗北感を覚えながら、クェイクは声をかけることもできずにテンペストの美しく堂々とした背中を見送った。

◇プリンセス・テンペスト

プリンセス・テンペストは不純な動機で魔法少女になった魔法少女だ。思い人である中学生の翔《しょう》君に相応しい姿に変身したい、と願ってピュアエレメンツの一員になった。悪のディスラプターと戦って日々正義を守っているのだから、動機が不純でも別に問題ないもんね、と開き直っている魔法少女だ。

変身前の東恩納《ひがしおんな》鳴《めい》小学二年生が浜辺を水着で歩いていたとして、なにも面白いことはない。しかしプリンセス・テンペストが際どい水着で浜辺を歩いていたらどうだろう。

プリンセス・テンペストは可愛らしく美しい。コスチュームは刺激的で、インフェルノは「ピュアエレメンツでもトップのエロさだと思う。テンペスト、条例に引っかかんない

よう気をつけなよ」なんて軽口を叩く。

そのプリンセス・テンペストが！　浜辺を歩くのだ！

すらりと長く白い足を一歩前へ出し、砂をさくりと踏む。その一動作だけで周囲からの視線を感じる。ざわめきを感じる。魔法少女の耳は小さな囁《ささや》き声も聞き逃さない。

「芸能人かな？　アイドルとか……」

「いや、テレビでも見たことないぞ」

いい、すごくいい。もう少しアピールを強くしようかな、と水着のストラップを強く縛り、胸をぎゅっと寄せて上げてみた。大人の女の人は、こんなふうにしていると聞く。

テンペストがぎゅっぎゅと寄せて上げると、周囲がどよめいた。

「すげえ……」

「お前、声かけてこいよ」

「ちょっと若すぎる気もするけど……セーフだと思う？」

離れたところでごちゃごちゃいってる大人達とは別に、頑張って声をかけてみた、という感じの中高校生くらいの男の人から話しかけられる。「遊ばない？」と聞かれ「なにをするの？」と聞き返すと「ボートがあるんだ」という。「他には？」と聞くと「海に飽きたらカラオケとかボーリングとか」といってきたので断った。ボートより飛んだ方が楽しいし、学校の決まりで大人と一緒でなければカラオケやボーリングには行ってはいけない。

これが、小学生の間で大人気のカードゲーム「マジカルバトラーズ」での対戦申し込みだったら受けざるを得なかったし、せめてドッジボールや色鬼、高鬼、海ということで西瓜割りだったりすれば違ったのに、と思う。

だけど今日はこっちの方がいい。ただ歩いて、ちやほやされる。それが楽しい。端から端までビーチを歩いてやろう。うっとりとしながら心に決め、この日のためにファッションショーのＤＶＤを見て研究してきた歩法でゆっくりと華麗に歩き、注目と賞賛の言葉でさらにうっとりとしていたテンペストの鼻を焼きそばの匂いがくすぐった。

――焼きそば！

友達と海に行くといって家を出てきた。お小遣いもしっかり貰ってきてある。海で食べる焼きそばは格別に美味しいとインフェルノがいっていた。普段から好きな焼きそばがもっと美味しいなんて、どれだけ美味しいのか想像もつかない。

焼きそばのために急なターンを決めたテンペストは視界の端で素早く動いたなにかを発見した。クェイクだ。屋台の陰に隠れるようにこそこそ移動していた。

――クェイク？　なんで？

テンペストのことをじっと見ているようだった。どうしてクェイクがテンペストを見ていたのだろう。同じピュアエレメンツの仲間であるクェイクが今更テンペストを見なければならない理由なんて無いように思える。ましてや隠れる理由なんて。

テンペストは焼きそばの屋台の前で考えた。クェイクはリーダーだ。リーダーは責任ある立場だ。メンバーのことも考えなければならない。テンペストのことを心配していたのだろうか。でもテンペストは心配させるようなことをしていない。ただ歩いていただけだ。ナンパされても逃げることは簡単だからやっぱり問題ない。

なにを心配していたのか考え、考え、考え、思いついた時は声が出た。焼きそば屋のおじさんが「お嬢ちゃん大丈夫かい？」と心配そうに話しかけるのも無視し、テンペストはクェイクが心配していたことがなにかを理解した。

テンペストは翔君のために魔法少女になった。なのに不特定多数の人からちやほやされるためにビーチを端から端まで歩くなんて、翔君に対する裏切りみたいなものだ。

クェイクには「好きな人がいる」ということを匂わせたことがある。今度相談してみよう、とも思っていた。だからクェイクは心配した。テンペストは好きな人がいるのに、あんなことをしていて大丈夫なのかな、と思ったに違いなかった。

テンペストは項垂れた。恥ずかしかった。反省した。こんなことをするため魔法少女になったんじゃなかったのに、なんのため魔法少女になったかを忘れ、はしゃいでいた。

「おじさん、焼きそば二人前」

「あ、はいよ」

両手に焼きそばのプラスチック皿を持ち、屋台の陰に隠れているクェイクに話しかけた。

「クェイク、一緒に焼きそば食べよう」

「えっ、あれ、テンペスト？　いやあ、偶然だねえ。こんなところで出会うなんて」

一口啜《すす》った焼きそばは、ソースだけでなく仄《ほの》かな塩味が効いていた。

◇◇◇

クェイクとテンペストが駐車場に戻るとインフェルノが体育座りで座りこみ、デリュージが何事か話しかけていた。どうやら慰めているらしいということが雰囲気で伝わる。

「なにかあったの？」

「いや、ちょっと……ビーチバレー大会が思ってたよりレベル高くて」

「勝てなかったの？」

「一回戦負けしちゃってね」

インフェルノが「チクショウ」と叫び、拳を握って天に掲げた。

「せめてアルティメットプリンセスエクスプロージョンが使えれば！」

「いやいや、それはダメでしょ」

「ていうか二人が勝てないってどんなレベルだったのよ」

「コスプレの人も着ぐるみの人も凄かったよ。爆発したり光ったり」

「そりゃ確かに凄いけど」

「歩いても歩いてもコートに辿り着けないとか、相手選手を催眠で操ったりとか」

「いや、それ凄いっていうか……」

インフェルノが立ち上がった。瞳の中に炎が舞い踊っているかのようだ。

「あの大会毎年やってるらしいよ！　来年こそ！　来年こそ一回戦越え……いや優勝！　優勝目指して今からトレーニング！　今日はこのまま走って帰ろう！」

デリュージは疲れた表情で苦笑し、テンペストとクェイクに向き直った。

「そっちはどうだったの？」

「罪悪感でいっぱいだよ」

「私は敗北感で……」

「よくわからないけど……色々あったんだね……」

「ほら！　帰るよ！　最下位は優勝者に缶ジュース一本！」

インフェルノが真っ先に駆け出し、クェイク、それにブーイング混じりのテンペストが続く。来年のビーチバレー大会に思いを馳《は》せながら、デリュージも駆け出した。

魔王塾主催
地獄サバイバル

『魔法少女育成計画』の物語が
始まるだいぶ前のお話です。

初出

「マジカロイド44 の未来アイテム
『対ボス戦専用マジックアイテム作成キット』
で作られたアイテム詰め合わせ！」略して
『魔法少女育成計画 C88 英雄志願者のための
スーパー魔法少女セットデス！』
（ツクルノモリ株式会社）

黒一色のスーツをぴしっと着こなした魔法少女がマイクを握り、隣に座った黒一色の——極端に露出度が高い——コスチュームを身に纏った魔法少女が小さく咳ばらいをした。

「さあ！　いよいよ始まりました第三十六回魔王塾サバイバル演習！　実況は私、アナウンス魔法少女パミー。解説は皆様ご存知魔王塾総帥《そうすい》、魔王パムさんでお送りします。パムさん、本日はよろしくお願いします」

「ああ、よろしく……それはそれとして、魔王塾に総帥という役職があるわけでは——」

「さて、鬼も避けるとさえいわれる魔王塾名物地獄のサバイバル演習ですが、今回、第三十六回大会は随分と趣向を変えているそうですね」

「鬼も避けるというのは——」

「わかっています、わかっていますとも。自分の強さと弱さを知り、より高みを目指すための教育的なイベントということになっているんですよね。ですが、世間というのは穿《うが》った見方をするものです。おっかないやつらがストレス発散のために大暴れしてるくらいに思ってる人だってそりゃあいますとも。だからこそ、ただ暴れるだけのイベントじゃないんだぞ、ということをアピールしなきゃいけないのです」

「ああ、それで——」

「そう、その通り！　いつもの演習とは一味も二味も違っています。まず第一、試験的に外部から参加者を受け付けています。そして第二、増えた人数に合わせてエリアも広くなりました。普段は小さな村落《そんらく》が入る大きさの戦闘エリアを舞台としていますが、今回は巨大な都市がすっぽりと収まるほどのスケールで参加者が入り乱れ、最強の座を決定するため蹴ったり殴ったりをしてもらう、ということになります。さらに第三の相違点《そういてん》、演習の模様が映像として記録されることになりましたし、第四、解説と実況もついています。それと第五、これはもっとも素晴らしい特典ですが、優勝者には賞金が出るんですよ。全部今までの演習では無かったものです。あくまでも演習でしたからね。これによって賞金目当ての……おっと失礼、名誉を求めた参加者が大勢集まりました」

「それが――」

「今回のサバイバル演習で撮影された映像は後々編集されて市販される予定です。参加者の方々、参加したかったけど都合が悪くてできなかった方々、それ以外の強さに憧れる魔法少女の皆さんはぜひぜひお買い求めください。初回限定盤には、スペシャルサービス特典として演習開始前に撮影された参加者へのインタビュー集を封入させていただきます。いやあ、おまけまで豪華ですねえ」

「……お買い得だ」

「そしてルールですが、こちらはいたって単純。決められた時間、決められたエリアの中で一人一枚ずつ持ったフラッグを奪い合い、できるだけ多く集めてもらうという、それだけです。ですが、そこは鬼が泣き悪魔が叫ぶ魔王塾。現役の塾生も、かつて塾生だったO

Gも、ただフラッグを取り合うだけで済ませるわけがありません。現代のコロシアムとも呼ばれる地獄絵図が展開します」

「安全面には配慮《はいりょ》している」

「開始から十分。既に戦い始めている魔法少女もいるようです」

◇◇◇

魔王塾のサバイバル訓練といえば苛烈《かれつ》さで知られてる。腕自慢の魔法少女であっても泣いて逃げ出す、逃げ出せればまだマシな方で、逃げ出すこともかなわず命を落とす者もいる、という嘘とも真《まこと》ともつかない噂をあたしも聞いたことがある。

参加するためには誓約書にサインをしなければならなくて、そこには「我が身にいかなる事態が生じようとも全ては自分の責任で云々」といったことが認《したた》められているらしい。そういう危険な催《もよお》しなわけだから、主催者サイドとしても非常にピリピリしている。

強いやつらがいっぱいに詰めている。しかも油断はしていない。油断しているところをグサリとやる、という暗殺者のやり方に適した場とは思えない。でもあたしが選んだのは今日、この場だった。ここなら殺《や》れる、という確信があった。魔王パムは、放送席じゃ自由に動けない。つけこむ隙がある。

既に第一段階はクリアした。魔王パムは自分の命を狙う殺し屋が手の届く場所にいることも気付かず解説をしている。いや、正確にはあんまり解説をしていないか。まあそれはいいや。やっているのが相槌《あいづち》でも解説でもあたしの仕事は同じだ。

まだ、待つ。待つのは得意だ。嫌われ者は大人しくじっとしていることに慣れている。下手に動いて見つかれば、スリッパか丸めた新聞紙で叩かれる。黒一色の嫌われ者に世間はいつだって冷たい。害虫なわけだから当然ではあるか。

◇◇◇

「……この二人」

「おおっ、この二人は！　魔王塾関係者の中でも知名度の高い二人がいきなり接触していますねえ！　自動でカメラの切り替えを……このカメラですね」

「一人目は花売り少女袋井魔梨華《ふくろいまりか》」

「こちらの……花を頭にのせている方の魔法少女ですね。ちょっと手が早くて口が悪いせいで敵が多い魔法少女ですが、強さについては折り紙付き……とあります。手元の資料には他にも様々《さまざま》な恐るべきエピソードが認められていますけど今は割愛《かつあい》させていただきます」

「で、こっちは……」

「こちらは森の音楽家クラムベリーですね。『魔王パムに認められる』『魔王パムに一撃を入れる』という二つの卒業条件の内、後者を達成した唯一の魔法少女ですか……魔王パムさん、これは本当のことなんですか？　だとしたらすごいことじゃないですか」

手入れされたことなど一度もないであろう草木が野放図《のほうず》に伸びている。常緑樹だ。葉が縦横に大きく、広げた野球のグローブに似ている。背が高く幹は太い。樹皮は固くささくれている。生い茂る雑草は大から小まで数十種類に及ぶ。高い物は人間の下半身を覆い隠すほど丈《たけ》があり、上の枝葉は途切れ途切れにしか夕陽を通さない。鳥の声も獣の声も聞こえない森の中で、凡《およ》そ十メートルの距離をとって二人の魔法少女が身構えている。

「久しぶりだなあ、森の音楽家」

魔梨華は愛想笑いをしない。笑う時は楽しい時だけ、そして心の底から笑う。その笑顔は獲物に襲いかかろうとする猛獣と表現するのが最も近いか。

「袋井先輩、お元気そうでなによりです」

魔法少女は例外なく見目《みめ》麗《うるわ》しく愛らしい。クラムベリーも外見年齢こそ二十歳前後と比較的年嵩《としかさ》だが、例に漏れず整った美しい顔立ちをしており、笑顔も相応《そうおう》に美しい。

だがこの場面で美しい笑顔を浮かべられるということ自体がクラムベリーの並々ならぬ強さを示している。袋井魔梨華に凄《すご》まれて、それを笑顔で受け流すことができる魔法少女が果たしてどれだけいるだろう。

「きちんとご挨拶しておくべきでした」

「なに、畏《かしこ》まることはないさ」

魔梨華の右足が茂みの中で一歩を踏み出し、ほぼ同時にクラムベリーも前へ出た。山の方から吹いた涼風が木の葉をさらさらと、茂みをガサガサと鳴らす。クラムベリーが肩にのせた薔薇《ばら》が揺れ、魔梨華の頭を飾る薔薇が、ふん、と震えた。


実況者が「ほほう」と感心したような、驚いたような、どちらともとれる声を出した。

「お二人、意外と仲が良いんですね」

「いや――」

「なるほどなるほど。仲が良い、とはちょっと違うと。私が集めました魔王塾に関する資料を見ればわかりますが、この二人はキャリア的にもそれほど接点が無いはずなんですよ。なにせね、クラムベリー選手の方は在籍期間も短いわけですし……しかし、そのわりに会話が弾《はず》んでますね。人と接する機会の多い人事部門に所属しているだけあってクラムベリー選手の人当りが良い、ということでしょうか」

「挨拶できなかったのはこっちの手落ちだ。私が義理事《ぎりごと》で席外してたのが悪い。まさかあんな早さで卒業するやつがいるなんて思ってもいなかったからなあ」

「義理事ですか」

「見合いでね」

「お見合い！　それはそれは……」

「ここで話題はプライベートの方に流れました」

「ふむ」

「魔梨華選手、妙齢の女性ということでしょうか」

見合い。

魔法少女といえど人間としての生活を持っている。

魔王パムは思い出す。そういえば一度だけ、なんの気まぐれか、魔梨華がチーズケーキを差し入れたことがあった。彼女の魔法によって生み出された草花から小麦粉や砂糖を精製して作ったというチーズケーキは魔王パムも食べた。覚えている。大層美味だった。

戦うを良しとする魔王塾内ですら狂犬と恐れられ、ストレートな暴力性で問題を多々起こす魔梨華であっても、意外と家庭的なところがあると驚いたものだ。どんなに強い魔法少女も変身前は九割九分が女性、見合いをしてもおかしくはない。上手くいったのだろうか。それともいかなかったのだろうか。どういう事情だったのか。どんな相手だったのか。

「まあ、どんな事情でも卒業祝いくらいしなきゃまずいだろ」

「遠慮なく祝われましょう」

見合いについて考えている間も魔梨華とクラムベリーはじりじりと彼我《ひが》の距離を縮めていた。魔王パムは弟子の恋愛事情に下卑《げび》た好奇心を働かせていた己を恥じた。ここは演習場だ。必要なのはゴシップではない。戦いだ。

「では」

「おう」

魔梨華が地に伏せた。雑草に隠れ姿が消える。

クラムベリーが片脚を上げた。両腕は胸の前で構えている。

雑草が一斉に伏せ、直後、土諸共《もろとも》に跳ね上がった。耳を劈《つんざ》くような音がハンマーとなって一帯を殴打している。クラムベリーが「音を操る」魔法によって衝撃波を発生させたのだ。

伝えられる音量の上限を振り切り、マイクの音が激しく割れた。パムとパミーがそれに合わせて素早く両耳を塞ぎ、ハウリング音が消えると同時に実況と解説を再開する。

「オープニングの一撃はクラムベリー！　異名の通り、音による攻撃です！　魔王パムさん、この一撃、相当な威力に見えますが」

「あまりよろしくない」

「よろしくない？　そうですか？」

「技の名前が出ていない」

「技の名前？　そういえば魔王塾の魔法少女の皆さんは、必殺技を出す時にちゃんと技名を口にするといわれていますね」

「ああ、そうだ」

「魔法少女は強く思うことによって自分の肉体や魔法を強化することができる。技に名を与え、その名を口にすることは、より強いイメージを思い描くための助けとなる……ということでいいんですよね？」

「そうだな」

「なるほど……ではなぜクラムベリー選手は技名を口にしなかったのでしょう？」

「イメージの重要性を伝える間もなく卒業したんだ……」

「ああ、在籍がほんの短期間だけなんでしたっけ。そりゃしょうがないですね」

クラムベリーは両手を開いた。マイクの上限を超えた音が再び轟《とどろ》き、同時に彼女の周囲が弾けとんだ。草や土だけではない。深々と土に根を食いこませた木々でさえも音の乱打に耐えることができず、根が抉《えぐ》れ、枝が飛び、成人男性でも抱えきれないほどの太い幹がへし折れる。

クラムベリーの魔法によって発生した音は、物体だろうと人体だろうと魔法少女の身体だろうと破壊する。音の性質上、破壊規模は点ではなく面となる。音速で広がり、視認することができず、効果範囲が広く、並の魔法少女なら複数人まとめてなぎ倒され、耳から血を流しながら戦闘不能になるほどの威力を持つ。

土と草が舞い散り、破壊された木が次々に落ちてくる中で、袋井魔梨華は両手両足を地につき、その場から一歩たりとも動いていない。

「袋井選手、ダメージで動けなくなっているのでしょうか……？」

「いや……」

魔梨華は顔を上げた。笑っている。

頭頂部の薔薇は花弁の形を変えて十字型の斧となり、その重量で身体を支え、その耐久力で攻撃から身を守る盾として鎮座《ちんざ》している。だがそれでも相手は音だ。完全に守り通せるものではない。魔梨華のコスチュームは一部が破れ、露出した肌には打撲傷《だぼくしょう》があった。頭部及び顔面から血を滴《したた》らせながら、魔梨華は小首を傾げた。

「技の名前はどうした？」

「……ああ、失礼。そういうものでしたね。次からは気を付けます」

「なに、うっかりは誰にでもあるさ」


「先輩から注意が入りましたね」

「好き放題やってるようでいて意外と守るべきは守る、魔梨華は」

「おおっと魔梨華選手走った！」


「打音《フォルテ》」

「薔薇の十字斧《ローゼンクロイツ》！」

花弁の斧が舞い散る草と土を跳ね除《の》けて猛然《もうぜん》と回転し、魔梨華は音の衝撃を受けながら一気に距離を詰めた。一発目の打音は魔梨華の動きに遅れて地面を破砕し、二発目の打音は魔梨華の背で爆《は》ぜたが動きを止めるには至らず、三発目の打音が放たれる前に魔梨華は距離を詰め終えていた。クラムベリーの打音は回避し難い範囲攻撃ではあるが、近距離で使用すれば自分自身さえも巻き込んでしまう諸刃《もろは》の剣《つるぎ》と化す。

血がしぶいた。薔薇の十字斧がクラムベリーの肩口を切り裂く。だが骨までは達していない。クラムベリーは半ば滑り込むような低い姿勢で掴みかかり、魔梨華は膝を合わせ、クラムベリーは膝を払い除け、払った手は魔梨華に蹴り上げられ、だが低空での攻撃に対応したことで魔梨華はバランスを崩し、クラムベリーはすかさず軸足を掬《すく》った。既にバランスを崩していた魔梨華の身体が軽々と宙を舞う。クラムベリーは迎撃を狙って抜き手を構え、繰り出そうとしたところで動きを止めた。

魔梨華は空中で静止していた。頭から八方へ伸びた薔薇の蔓《つる》が折れた木の幹に巻きつき、あるいは岩肌に棘《とげ》を立て、魔梨華の身体を支えていたのだ。一呼吸を挟み、タイミングを外して魔梨華が落下、遅れて繰り出されたクラムベリーの抜き手に対して拳を打ちこみ、クラムベリーはすかさず廻し蹴りに切り替え、魔梨華は肘でガードした。


「空中に飛ばされ、回避はできない状況だった」

「そこで薔薇の蔓を周囲の障害物に絡みつけた。それによって落ちるタイミングをずらし、クラムベリー選手の攻撃を躱したということですか！」

「薔薇の蔓で直接攻撃にいっていればクラムベリーも反応できたはず。思考の外から攻撃を受けたといっても――」

「さあ距離は無い！　華のある両者が格闘戦です！」

魔梨華はクラムベリーの脚を抱きこもうとしたが体を返され、そこから裏拳、受け流し、薔薇の十字斧、血が飛び、左手を固めての膝、脚を抱え、引きこみ、目まぐるしく上下を入れ替えながら茂みの中を転がっていく。

クラムベリーが魔梨華の右脚に左脚を絡ませ、薔薇の十字斧を素手で押さえた。魔梨華の意識が十字斧に移った刹那《せつな》、今度は絡めた脚で体を入れ替え、両脚で胴体を挟みこんだ。クラムベリーのマウントポジションだ。

「クラムベリーが上を取った！　グラウンドではクラムベリーが勝《まさ》るか！」

「体格差を活かしている」

同じ魔法少女とはいえ、クラムベリーの外見年齢は二十歳前後、対する魔梨華はもっと若く幼い。リーチではクラムベリーが勝っている。優位なポジションを押さえ、頭の花を封じれば攻撃は届かないだろう。

クラムベリーの拳が魔梨華の顎を狙い、魔梨華は頬と肩で受けた。魔梨華は身を捩《よじ》ろうとしたがクラムベリーの脚によって身体ががっちりと固められている。薔薇の斧はクラムベリーの左手に止められ、両手は開いているが、上で構えるクラムベリーには届かない。

クラムベリーは、右の拳、右の拳、右の拳、右の拳、右の拳とパンチを連打し、素早く打ちつけることで腕を取らせず、反撃も許さない。魔梨華が両腕で頭部をガードするが、クラムベリーは構わずにガードの上から拳を叩きこみ、その一撃で血が飛んだ。

「流血！　魔梨華選手、夥《おびただ》しい血を流している！」

「……逆だ」

クラムベリーの拳から血が滴っていた。返り血ではない。自らの血だ。

「薔薇蛇鞭《ローゼンシュランゲ》」

魔梨華の頭から薔薇の蔓が伸び、自身の腕に絡みついていた。蔓には鋭い棘が隙間なくびっしりと生えている。あれを自分の腕に巻いて受けることにより、クラムベリーの拳を傷つけたのだ。

自分の流血に気づき、クラムベリーはほんの一瞬だけ動きを止めた。その隙を見逃す魔梨華ではない。跨《また》がられた体勢のままで膝を蹴りあげ、クラムベリーの腰に一撃を入れた。姿勢が崩れたクラムベリーの腕に薔薇の蔓がするすると絡みついていく。

体格ではクラムベリーが勝っている。だが腕力ではどうか。袋井魔梨華を相手に腕力勝負で勝てる魔法少女は魔王塾にも殆どいない。体格差はリーチに関係しても力には関係しない。幼稚園年少組相応の体格で魔法の戦車と相撲がとれる魔法少女も存在する。

それでもクラムベリーは耐えた。逆に薔薇の蔓を引っ張って袋井魔梨華を引きつけようとしたが、姿勢は崩れている。二発目の膝蹴りで優美な笑顔が苦痛に歪み、三撃目が入るよりも早く薔薇の蔓はクラムベリーの胸元にまで達した。

「苦しくなってきた！　どうする森の音楽家クラムベリー！　棘付きの鞭で上半身が引っ張られれば耐えられるものではありません！」

「……くるぞ」

蔓により拘束されたクラムベリーが引っ張られ、下にいた袋井魔梨華と位置を反転、今度は魔梨華がクラムベリーに跨った。魔梨華はいよいよ盛大に笑い、苦痛を見せていたクラムベリーは口の端で小さく笑った。

「打音《フォルテ》」

爆音。猛烈な衝撃によって木々が薙ぎ払われた。魔梨華がクラムベリーの上に伏せ、クラムベリーは下側から突き上げるようにして魔梨華の髪を掴んで引き上げ、同じ動作の中で親指を眼窩《がんか》に押しこみ、しかし魔梨華はクラムベリーの指先に額をぶつけ——

「打音《フォルテ》」

接敵《せってき》状態での二発目。魔梨華は身体を反らせ、クラムベリーは再度目を狙い、指先を右目に掠《かす》らせた。クラムベリーを拘束していた薔薇蛇鞭《ローゼンシュランゲ》が勢いよく巻き取られ、クラムベリーの全身が切り裂かれ鮮血が噴き上がる。魔梨華はクラムベリーを蹴りつけ、そこから離脱しようとしたが、薔薇の蔓が一本だけお互いの腕を結び付けたままだ。

「打音《フォルテ》」

三発目。

「自殺的な攻撃！　窮地《きゅうち》を脱するため、自らを巻きこみ魔法を使用しています！」

「いや、そうではない。これは――」

「そういうことですか！　クラムベリー選手の『打音《フォルテ》』は、全て魔梨華選手の背後で発動しています。本人も巻き込まれはしますけれども、上にいる魔梨華選手の身体が盾になるため直撃はしていません。破れかぶれのヤケクソではなく、計算された攻撃だったと」

盾にされた魔梨華はたまったものではないはずだ。歯を食いしばって衝撃に耐えるも、苦痛がありありと見えている。クラムベリーを捕まえている薔薇蛇鞭《ローゼンシュランゲ》が、自分を縛りつける枷《かせ》となり、回避も防御もできず、無防備な背中に三発の打音《フォルテ》が直撃した。背中側のコスチュームが散り散りとなり、皮膚は裂け、肉が露出している部分もある。

「うわ、痛そうですね。安全面に配慮されてるって本当ですか？」

「配慮はしているが、相手にもよる。この二人なら大抵大丈夫だ」


魔梨華は最後の一本となる薔薇の蔓を強引に引き千切り、クラムベリーを蹴りつけた。

「今、最後の一本だけ引き千切っただろう。あれは『薔薇蛇鞭《ローゼンシュランゲ》』ではないな」

「どういうことです？」

「つまり――」

「そういうことでしたか！　クラムベリーはコスチュームの一部として肩に大きな薔薇の花をのせ、脚には薔薇の蔓を絡めています。その薔薇の蔓を使ったんですね。気付かれないよう、魔梨華の『薔薇蛇鞭《ローゼンシュランゲ》』に紛れこませた……自分の蔓を混ぜることで拘束の解除を半手遅らせた……！　解説席で見ていた私も全く気付きませんでした！」


距離をとろうとした魔梨華に対してクラムベリーが下から掴みかかる。長く白くしなやかな指が魔梨華の頬に伸び、すっと撫でた。

「内部破壊音《スフォルツァンド》」

魔梨華の頭部が痙攣《けいれん》したように震えた。両目、両耳、鼻、口から血がはねる。

「今の技は⁉」

「指向性の破壊音波だ」

「なるほどなるほど。指向性だけあって威力では打音《フォルテ》に劣りますが、直接触れて体の内側に音を響かせたというわけですね。クラムベリー選手、相手が逃げ腰になったとみて、すかさず追い打ちにいきました。えげつない、実にえげつない戦い方です」

頭部の穴という穴から血を迸《ほとばし》らせ、のたうつように魔梨華は動いた。クラムベリーの鳩尾《みぞおち》を蹴りつけ、クラムベリーは両腕をクロスさせてそれをガードした。両者は反発しあって後方へ飛び退《すさ》り、再び距離をとって対峙《たいじ》する。魔梨華はぷっと地面に血を吐いた。視点が移動し、地についたクラムベリーの右手を捉える。人差し指と中指が本来動く方向とは逆向きにへし曲がっていた。

「指が！　クラムベリー選手の指がっ！」

「魔梨華の頭部に手を伸ばして魔法を使う、というのはつまりこういう危険を伴う。さっき目潰しをした時は打音《フォルテ》を絡めて上手くいったようだが、毎回上手くいくわけではない」

「いったいなにを？」

「素早く顔を振り、頬骨で敵の指をへし折った。やっていることは頭突きと同じだ。口を使って噛み切るよりツーテンポは速い。目潰し、唇裂き、鼻突き等、頭部に対する攻撃への対処方法……それの応用といっていいだろう」

「クラムベリー選手も『これで仕留められる』という確信をもってやったのでしょうが……魔梨華選手、まだ元気ありますね」

「並の魔法少女なら血反吐《へど》を吐いて突っ伏している」

「ですよねえ。たとえ相当にタフな魔法少女だとしても三半規管《さんはんきかん》を滅茶苦茶にされて立っていられないんじゃないかなあ」

　魔梨華は右目を閉じたままで低く身構えた。クラムベリーは半身を起こしているが、まだ完全に立ち上がってはいない。双方とも、やはり笑っている。魔王パムは自分の頬に手を当てた。口角《こうかく》が上がっている。彼女もまた笑っていた。

「楽しいなあ」

「ええ、本当に」

「もっと楽しくしようか」

「素晴らしい先輩を持ったものです」

魔梨華は両目両耳口と鼻から血を流している。目が見えているのか、耳が聞こえているのかさえ怪しい。

クラムベリーは薔薇蛇鞭《ローゼンシュランゲ》により拘束箇所を切り裂かれた。今もまだ血が滴っている。魔梨華の頭頂部で薔薇の十字斧が回転し、地面を抉《えぐ》る。クラムベリーは転がって回避し、起き上がりざま、下方向から回転する斧に手刀を打ちつけ、跳ね上げた。衝撃で魔梨華がよろめく。クラムベリーの手から激しく血がしぶくが、本人は意に介さない。魔梨華の膝に踵《かかと》を落とし、魔梨華は前のめりによろめき、クラムベリーは更なる一撃を与えんと地面を揺らす勢いで一歩踏み出し、それに合わせて魔梨華の薔薇がぷうと膨らみ——

「薔薇の溜息《ローゼン・ゾイフツァー》」

球状に膨らんだ薔薇の十字斧が、白い粉を噴出し、一息で萎《しぼ》んだ。回転する刃への警戒しかしていなかったクラムベリーは虚を突かれた形になった。

顔面に粉を浴びせられたクラムベリーが激しく咳きこみ、涙の粒を飛び散らせ、悶え苦しむところへ魔梨華がのしかかり、有無をいわせず押し倒す。頭部をしっかりと保持して岩に叩きつけ、同時に自分の額を鼻づらへめり込ませた。さらにもう一発、クラムベリーに頭突きを浴びせ、その間にも薔薇の蔓がクラムベリーの体にするすると巻きついていく。

クラムベリーは美しかった顔を——攻撃によって受けたダメージ以上に——歪ませた。恐怖ではなく、苦痛でもなく、歓喜の表情がそこにあった。

「大爆音《フォルティッシモ》」

　画面が暗転した。

「ん？」

「ああ、これたぶんですけど攻撃範囲の広い魔法にカメラが巻きこまれましたねえ。まいったなあ。自動で動いてくれるって聞いてたのに」

「魔法少女の動きを捉えながら攻撃まで回避するのは難しいだろう」

「せっかく良いところだったのにこれじゃ困りますね。上空のカメラに切り替えを……ああ、なんだか隕石の落下地点みたいなでっかいクレーターがありますね。あれかな」

「二人ともいなくなっているようだが」

「困るなあ。空撮《くうさつ》だと木が邪魔で……すいません、カメラの切り替えお願いします」

　実況者の指示を受け、画面が次々に違う場所を映し出していき、五つ目のカメラで止まった。画面内が赤い。天を焦がすほどの炎が燃え上がっている。

「森林火災だな」

「報告が入りました。F68区域です。炎の湖フレイム・フレイミィ選手の繰り出した『上は大火事《デスフレイム》』によって火災が発生しました。五人ほど大火傷を負ったとのことです」

「治療役に私の羽を一枚そちらへ向かわせよう」

「こういったアクシデントもよくあるものなのですか？」

「いや、そうはない」

　毎年恒例となる魔王塾サバイバル演習は、今年度に限って外部から参加者を受け入れることとなった。さらに一人でも多くの参加者を集めるため、優勝者には五百万円の賞金が用意された。魔王塾関係者以外からの参加者の受け入れを決めたのは外交部門であり、賞金の出所となるスポンサーもまた外交部門である。

　現在の魔王塾は外交部門管轄に等しい。世間は「魔王塾」が魔王パムの私物であるかのように話すが、ただのサークル活動だった頃から一貫して私物だったことはない。

　一応は師弟関係の間柄となるものの、弟子は師匠の持ち物ではない。魔王パムが自分の知っていることを教えるのと同様、弟子から得るものもある。

　魔王パムの同期には弟子を持つことに否定的な者もいた。弟子を強くすればするほど、相対的に魔法少女内での自分の価値を落としていくことになるのだと話す者。弟子など所詮《しょせん》は技を試す実験台に過ぎず、実験台が必要なら戦場に出ればどんな魔法少女でもいるだろうと嘯《うそぶ》く者。弟子一人一人について責任を担《にな》うのは想像するだけでも息苦しいと静かに語る者。理由は様々あったが彼女達は弟子を必要としなかった。

　魔王パムの考えは違った。戦士とは孤独な生き物だからこそ、仲間がいた方がいい。数多くの仲間達と切磋琢磨《せっさたくま》していけば、たった一人で高みを目指すよりもきっと楽しい。荒っぽい魔法少女達の精神修養、魔法少女戦闘技術の継承、そういった名目はあくまでも建前としてあればいい。そう考えた。

皆で仲良く強くなる。これをモットーに、賛同する魔法少女達を新たな仲間とし、魔王塾は大きくなっていき、そして大きくなり過ぎた。魔王パムが所属している外交部門は、魔王塾を強力にバックアップしてくれているが、外交部門の上層部はもはや魔王塾の運営母体となり、魔王塾の運営方針については塾長のパムでさえ、おいそれと口を出せない。

今回の件もそうだ。一定区画の中でフラッグを奪い合い、タイムリミットまでに最も多くのフラッグを集めた者が勝者になる、というサバイバル演習は、ゲーム性豊かで楽しい面も持っているが、危険性も持ち合わせている。魔法を含めた暴力が許可されているのだから危険でないわけがないのだ。

戦闘能力について運営側で熟知している魔王塾の面子《めんつ》だけなら、ここまでは安全《セーフ》、という線引きもやりやすい。だが、それ以外の参加者を受け入れるとなるとキャパシティから溢れてしまう、という魔王パムの主張は聞き入れてもらえなかった。外交部門としては、賞金で参加者を釣り、その中から強者を選別して魔王塾にスカウトし、卒業後は外交部門で働いてもらう。要するに新たな人材によって魔王塾の規模を大きくし、スポンサーである外交部門の勢力を広げようという算段なのだろう。

魔王パムは自分が「権力に使われるべき魔法少女」であることを知っている。自分一人の考えで動くには力を持ち過ぎている。「大量破壊が可能な」という枕詞で語られる魔法少女兵器が自分の意志で行動していいわけがない。道具としての分を弁《わきま》え、外交部門の命じるがままに動き、力を封じ、程よい塩梅《あんばい》で調整する。文民統制とはそういうものだ。

自分より賢い者が魔王の力を使った方が、自身が恣意的《しいてき》に力を振るうよりも余程良い。とはいえ最低限譲れないところもある。サバイバル演習における危険を説き、せめて参加者を面接で篩《ふる》い落とすべきだと主張し、最低限度の戦闘能力を持たない魔法少女にはご遠慮いただくことにした。例年以上に安全面へも配慮し、塾生と卒業生には「外から参加してくださったお客様に対して無茶をしないように」といい含め、監視員兼救護員を各所へ配置した。エリア外での活動が許される時間も通常の三十秒から五秒に大幅短縮し、間違っても外に被害が出ないよう普段以上に気を遣っている。

魔王パムは、実況と解説に加えて本部で係の者を差配《さはい》しなければならない。問題が起これば監視員に指示を出す。あるいは羽を向かわせる。

アラームが三度鳴り、通話に切り替わった。

「参加者の一人が酸性雨を降らせました。該当エリアのカメラが破損しています」

アラームが三度鳴り、通話に切り替わった。

「フレイミィの『下も大火事《ヘルファイア》』で酸欠になった参加者が五名ほど出ました」

次々に報告が入る。

「大変なことになっていますが、皆さん、ご心配には及びません。土地への被害は動植物含め演習終了後全て元に戻るようにはなっています。ただですね、大規模な火災を起こされるとそれに巻きこまれて脱落する参加者が出るわけで……そこまでいくともうなんのための演習かわからなくなりますからねえ」

「監視員と救護員に魔法の消火剤を持たせて消火活動に向かわせている。私の羽も一枚向かわせた。さほど時間を要することなく鎮火する……恐らくは」

「現場からの報告によりますと消火活動をお手伝いしてくれている参加者もいるとのことです。心が温かくなる話ですね」

「感謝する」

指示を出し、さらに実況をしながらも魔王パムは戦いに思いを馳せる。

クラムベリーと魔梨華の戦いは決着がついただろうか。それとも彼女達は未だ戦い続けているだろうか。そろそろ日が落ちるから魔梨華が不利になるかもしれない。しかし彼女は自分を知っている。太陽が無いのならば、日光を必要としない花を咲かせて戦うことだろう。クラムベリーはどう対応するだろうか。人事部門で実戦から遠ざかっているはずなのに、先ほどの戦い様は見事なものだった。戦うための技術と覚悟に微塵《みじん》も衰えがない。きっと人事に配属されてからも研鑽《けんさん》を続けてきたのだろう。たとえ在籍期間が短くとも魔王塾「らしさ」をきっちりと継承している。

「おっとまたアラームが鳴りました。今度はなにが起きたのでしょう」

「これは……」

「クラムベリー選手と魔梨華選手の戦いに巻きこまれて三名が負傷したようです。骨折者アリ。至急応援を、とのことですね……パムさん、これは救護要員として羽を」

「……向かわせよう」

◇◇◇

今回のサバイバル演習は某国国有公園の一部を借り切って行われてる。範囲はだだっ広い。全てが終われば魔法によって完全修復されることが約束されているとはいえ、一つの国家と交渉し、それだけの契約をとりつけてしまう外交部門の力をまざまざと見せつけられている、と理解している参加者がどれだけいるってんだろう。

あたしは理解している。それだけ強い相手と事を構えるというのがどういうことか、理解もせずに仕事を請《う》けたりはしない。どれだけ報酬が高かろうと、最終的に大切なのは自分の身だ。死んで花実《はなみ》が咲くものか。

魔王パム暗殺。

魔王パムの強さは知っている。主だった功績は暗記しているし、映像に残っている戦いも見せてもらった。四枚の羽が持つ自在性、耐久力、破壊力、全てが並外れている。真正面から挑んで勝てる魔法少女は存在しない。魔王パム対それ以外の全魔法少女の戦いになったとしても魔王パムが勝つんじゃないか。そう思う。

それを殺す。凄まじい仕事だ。魔法少女史に残る。だけどあたしの名前は残らない。JFKとオズワルドの名前がセットで語られるのは、オズワルドが捕まったからだ。たとえ暗殺を成功させたとしても、捕まればしくじったことになる。

あたしは、プロだ。プロは、しくじらない。

魔王パムを殺して、その上で生きて帰る。依頼者は生きて帰るだけの準備をしてくれている。それに、あたしはどちらかといえば殺すことよりも逃げることの方が得意なくらいだ。我が身を犠牲にしてもなんて殊勝《しゅしょう》さは持ってないし、そこまでやる義理もない。金を貰ったからそれに見合う仕事をする。自己犠牲はいくら貰っても割に合わない。あたしは職業暗殺者であって鉄砲玉じゃない。

大切なのは死に方より生き方だ。それが一番大事だ。誰にも知られることなく畳の上で大往生がしたいわけじゃない。褒められたいわけでもないし、讃《たた》えられたいわけでもない。名を残したいわけでもない。だけど難しい仕事はやり甲斐がある。誰でもできるわけじゃない、あたしにしかできない仕事をするために訓練と実戦を繰り返してきた。

ここまで作戦は成功している。魔王パムは手の届くところにいる。問題は羽だ。羽さえ無くなれば、あたしの力で魔王パムを殺れる。今回の演習は参加人数が多く、魔王パムもただ座っているわけにはいかないはず。羽を使う。現に今も消火や治療に向かわせている。どこかで羽が無くなるタイミングがくるはずだ。そこを狙う。

◇◇◇

「目まぐるしく動いていますね。やはり中盤はこのように展開するものなのでしょうか」

「ここまで動くことは稀《まれ》だな」

「やはり外部からの参加者が影響を与えているのでしょうか。職業実況魔法少女の私でも目で追うのがやっとというほど、そこかしこで戦いの火蓋が切られております」

ゲスト達の健闘が目立っていた。

監視員の中には「魔王塾のレベルが下がっている」「外から参加者の受け入れをして即優勝されましたではメンツを潰される」といったことを深刻な表情で囁《ささや》き合う者もいる。

名簿から脱落者の名前を赤字の二重線で消していくと、確かにゲストの生き残りが多い。魔王塾関係者は「森の音楽家クラムベリー」「炎の湖フレイム・フレイミィ」といったように敵への威圧、そしてイメージの操作を重要視したネーミングとなるため、一般の魔法少女に比べて名前が横に伸びることが多く、名簿で見れば一目でわかる。

　実況者が特にフラッグを稼いでいる者の名前を検索しようとしたが上手くいかず、魔王パムが代わって操作をすると今度は魔法の端末が異音を発し始めたため、仕方なく本部長机上で待機していたクラムベリーのマスコットキャラクターに頼んで検索をしてもらった。机の上には参加者の魔法の端末が山と積まれていたが、その中の一つに入っていたマスコットキャラクター「ファヴ」は、立体映像の中でふわふわと浮遊しながら文句と愚痴を繰り返し口にし、その矛先は実況と解説にまで向き始めていた。「なにが魔王ぽん。偉そうな二つ名自称して」「実況も解説も黒一色の服で野暮ったいぽん。ファヴのように半分は白を混ぜるのがカッコいいぽん」「パミーなんて魔法少女連れてこいぽん」「ああ、うるさいぽん。どうせ実況させるならもっとメジャーな魔法少女、聞いたこともないぽん。解説ごっこはもっと小声で遠慮してやれぽん」などと聞こえよがしに繰り返される独《ひと》り言《ごと》を無視するのもそろそろ限界だ。

　仕事をさせておいた方が静かになるのでは、と考えたくもなる。

「まったく、なんでファヴがこき使われないといけないぽん」

「いやいや、厚かましいことをお願いしてすいませんでした。電子妖精タイプのマスコットキャラクターは機械類の扱いに長《た》けているという話を聞きまして。ね、パムさん」

「ああ、まあ」

「クラムベリーが試験の参考になるからっていったから来たのに、ファヴだけ置いていかれて不満がいっぱいぽん。暇ぽん。つまんないぽん。そもそもサバイバルなんて謳《うた》ってるならもっとエキサイティングでハードなルールを導入すべきぽん。甘いんだぽん」

白黒二色の電子妖精はぶつぶつと不平を漏らしていた。彼（彼女？）にとっては、この演習に参加したこと自体が不満だったらしい。魔王パムとしても申し訳ないとは思うが、邪魔をされ続けて大編集をしなければブルーレイが作れませんでしたでは困る。

ファヴにしてみれば、外交部門や魔王塾を良く思っていないのではないだろうか。

ファヴの所属する人事部門は争い事を好まず、腕力にものをいわせていうことを聞かせるという外交部門のやり方を「野蛮」「反知性主義」「前時代的」と蔑《さげす》んでいる。特にテクノロジーと知性の粋《すい》を集めた存在である電脳妖精にとって暴力がものをいう世界は論外の外くらいに位置しているのだろう。文句の二つ三つもいいたくなる気持ちは理解できる。

ファヴの協力を受け、カメラの視点を高得点者へ移動させていく。そこには目的としていた参加者に加えてもう一人の魔法少女がいた。一人は兎の耳に和服を合わせた魔法少女「下克上《げこくじょう》羽菜《はな》」で、もう一人は魔王塾外からの参加者とはいえ魔王塾でも知られている魔法少女だった。美容師をモチーフとした魔法少女。名は「スタイラー美々《みみ》」という。

「手元の資料によりますと、スタイラー美々選手は、先ほど暴れに暴れていました袋井魔梨華選手と行動を共にすることが多い魔法少女、とのことです。彼女の魔法による『コーディネート』は、異形の魔法少女を市井《しせい》の一般人と変わらない姿にすることを可能とし、魔王塾の活動に協力してもらうこともあるそうですね」

「世話になっている」

「そしてこちらの兎耳の魔法少女……下克上羽菜選手。随分と変わったお名前で」

スタイラー美々の表情は硬く、目つきはきつい。気の弱い魔法少女であれば回れ右をし、魔梨華のような魔法少女なら「おおっ」と喜ぶような、冷たい目で敵を見据えている。むき出しの刃のように尖った雰囲気はいつもの通りだ。

下克上羽菜は美々の視線を真正面から受け、まるで怯《ひる》むことなく柔らかな自然体で構えている。戦闘経験、それを背景にした自負心を感じさせる。気負いもない。飾り立てた見た目に反し、老練《ろうれん》な魔法少女であるという印象を受けた。

「魔王塾関係者ではない方ですね。フラッグの数は現在トップということですが、パムさんから見てどうでしょう？」

「見た感じ、かなり強そうだ」

「さて、その下克上選手についてですが。彼女は監査部門に所属しているとのこと。最近監査部門で頭角を現してきた新たなエース、らしいですね。パムさんはご存知ですか？」

「監査部門の新たなエース、という噂話は外交部門にも聞こえている」

「それは期待できそうですね！」

外交部門と監査部門はそこそこの関係を築いている。監査と仲違《なかたが》いをしてあること無いこと報告されてはたまらないからか、唯一例外的に外交部門が仲良くしている部門といっていい。「今度うちでイベントやるんですよ。今参加者募集中で」「それじゃうちでも御邪魔させてもらおうかな。最近生きのいい新人がいましてね」くらいには仲が良い。

「さて睨み合っている両者ですが」

「動くぞ」

美々が動いた。十メートルはあった距離をただの一歩で詰め、右手の指に挟んだ三本の剃刀《かみそり》を振るう。鋭い軌跡が羽菜のいた位置を切り裂き、しかし既に羽菜は動いていた。

「速い！　魔法の人感センサーで動くカメラも追いつくのがやっとです！」

「速いだけではない。刃物相手の戦いに慣れている」

羽菜は美々の背後から蹴りつけ、美々は振り向きざまに大きな髪切りバサミで迎撃する。羽菜はハサミが到達するよりも早く足を戻し、退きながら土を蹴り上げて目晦《めくらまし》とした。

美々はそれを回避しつつ右側から回りこもうとするが、既に羽菜は追撃が届く間合いから外れていた。

「恐ろしく動きが素早い。さらにいえば合理的だ」

「武器を警戒しつつある程度の距離をとって戦っています。殴り合い蹴り合うことを快楽とするのではなく、敵を素早く沈黙させ確保するための動きです。戦闘中毒者の集まりである魔王塾にはあまりいないタイプということですね」

「別に戦闘中毒者の集まりというわけでは」

「魔王塾であまり見るタイプじゃないというのは合ってますよね？」

「まあ……はい」

「これは職業柄身に着いた戦い方、ということではないでしょうか。監査の職員は犯罪を取り締まるために働いています。下克上さんが所属している強行班はその象徴ともいえる部署ですね。目の前の敵を捕まえることを最重要とし、卑怯だろうと卑劣だろうととにかく捕まえなければ話になりませんから。敵を逃すということは、更なる犯罪を呼び込むことに繋がる、絶対に避けねばならない事態となります」

美々が小さく舌打ちをした。ハサミと剃刀を構えたまま、敵を中心に扇型の移動をする。途中、両者の間が大きな立木で遮《さえぎ》られ、美々はそこで姿を消した――ように下克上羽菜には見えただろう。

「消えた⁉　スタイラー美々選手、木の陰で完全に消失！　いったいどこへ……」
「彼女は魔法によって完璧なコーディネートを施《ほどこ》すことができる」
「都市生活でのファッションに限らず、野外活動での迷彩もお手の物ということですか
……しかし迷彩……迷彩……？　これは迷彩というレベルを超えているのでは」
「魔法だからな」
「なるほど、魔法……これは透明化にも等しい不可視の潜伏法ですね。騙されないために
は特殊な知覚が必要となるでしょう。心音さえ聞き取る聴覚であったり、体温を感知する
能力であったり、生命エネルギーを視認する魔法であったり」
「そうなる」
「ではここでカメラの赤外線モードをオンに。ああ、美々選手、確かにいますね」
　実況者の指示に従い、カメラのモードが変化する。自分の身体に迷彩を施したスタイラ
ー美々が、茂みの前を通って大回りで羽菜に向かっていた。
「姿勢を低くしているのは迷彩が藪《やぶ》を模《も》したものだからですね。姿勢を低くして、さらに

羽菜選手の視点を意識しながら、常に藪を背負うように移動しています」

「自らの魔法に熟達した達者の動きだ」


ゆっくりと、羽のように軽い足取りで、太い木の根に沿って移動し、枝を踏み折ったり、土に足跡をつけたりといったヘマは侵さず、確実に敵との距離を詰めていく。斜め後方五メートルの位置から剃刀を振りかぶったところで羽菜が動いた。振り返り様にワンステップ、姿を消している美々へ直線的に移動し、ローキックを放つ。武器を振りかぶっていた美々は対応しきれず踝《くるぶし》に蹴りを受け、苦悶の表情を浮かべ喉の奥から声を漏らした。


「読まれている！　美々選手の居場所、攻撃が完全に読まれています！」

「これは……」

「資料によると、彼女は感覚を鋭敏にする魔法を使うとか。先程例に出しました迷彩に騙されないための特殊な知覚、聴覚なり嗅覚なりを強化しているのでしょうか」

「ああ」

「ローキックの威力も恐るべきものでした」

「いや、威力というより……恐らく、あれにも魔法を使っている」

ごく軽いローキックに見えた。だが美々の反応は重い一撃を受けた者のそれだ。

羽菜がもう一度ローキックを放ち、今度はどうにか脛《すね》で受けた。しかし美々はそれでも痛みに歯を食いしばる。今にも膝を突きそうな顔でバックステップ、だが羽菜は逃がさない。同時に前進、距離を置かせず仕留めにかかる。ローキック、ローキック、下へ集中させたところでミドル。美々は素早いコンビネーションにギリギリで対処し、脛で受け、腕で受け、受ける度に見た目のダメージ以上の苦痛を見せていた。

「下克上さんの魔法は『感覚の鋭敏化』だ。それは自分にしか作用しない魔法なのか？」

「どういうことでしょうか」

「他者に対しても使用できる魔法であるのならば、美々の反応にも納得がいく。素早く鋭い攻撃は当てることに特化し、ダメージを狙ってはいない。あくまでも当てる。当てれば痛覚を鋭敏にすることで苦痛を与える」

「相手の痛覚を鋭敏に……そんなことまで」

「字面《じづら》以上に応用性が高い魔法のようだな」

美々は前方に向かって剃刀の刃をばら撒いた。キラキラと月と星の光を受けて輝く剃刀の刃が二者の間に舞い、刃が地面に落ちるよりも早く美々は逆方向へ駆け出していた。刃が落ちてからようやく羽菜が追いかける。

「下克上選手は素早く機敏に動きます。彼女が当てることのみを狙って放った攻撃を回避する、というのは非常に難しいですね。それよりは、そもそも攻撃をさせないようにすることが正解なのかもしれません。剃刀の刃を大量に放ち、空間を潰すことで相手の移動を阻害しましたね」

「空間が刃で満たされれば追いかけることもできない。時間と距離を稼ぐことができる」

「時間と距離ですか」

「下克上さんの魔法はどれだけ離れていても問題なく使える、というものではないようだ。ある程度効果範囲が限られている。これまでの一連の攻防で美々も気付いたのだろう」

追い縋《すが》ろうとする羽菜に対し、美々は両手にガラス瓶を取り出し、中身を敵に向けてぶちまけた。香水の瓶だ。

「匂いをつける？　いや、鼻を潰す気でしょうか」

「魔法の迷彩が通じなかった理由を相手の嗅覚と考えたのかもしれない」

「少々疑問が残る行動ですね。なぜ嗅覚の方を特別視したのでしょうか。あの耳ですから聴覚の方だと考えるのが自然なのではないか、と」

「確かに見た目はそうだが……」

美々は薮の中へと駆けた。同時にコーディネートの魔法を迷彩として使用し、自分の姿を薮に溶け込ませる。羽菜はそれを真っ直ぐに追いかけていく。小刻みに動く兎の耳が、どうやって敵の位置を把握しているのかを物語っていた。

「逃げられない。薮の中を走っていれば、どうしたって音は出る」

「追いかけることも容易ということですね。徐々に距離が縮まっているようです」

距離を縮めながら木の脇を抜け、岩を跳び越えジャンプしようとした瞬間、そこで羽菜の表情が驚愕に歪んだ。

岩の陰だ。刃を上に向け、七本の髪切りバサミが地面に突き立てられていた。

「トラップだ！　ハサミのトラップが仕掛けられていた！」

「上手い」

羽菜は空中で身を捻り、袂《たもと》から取り出した帯締めを岩の先にかけ、ピンと伸びた紐を蹴ることでさらにもう一段跳んだ。その間も敵から注意を逸らしてはいない。投げ入れられた剃刀三枚を両手の指を使って挟み止め、音も無く着地し、追撃を再開する。

羽菜の額には汗が玉のように浮かんでいた。姿を消して逃亡している最中に罠を仕掛けている、とは予測していなかったようだ。

「下克上選手、見事に罠を回避！」

「下克上さんは腕力よりも敏捷性《びんしょうせい》が優れているタイプだ。足を殺される、までいかないにしても、傷を付けられれば戦力が半減、ひょっとするとそれ以下になる」

「なんとも危ないところでしたねえ」

「美々の狙いがわかった。嗅覚で探知されることがないように念を押していた」

「念を押す、とは？」

「迷彩を看破され、さらに通常では有り得ない鋭い痛みを与えられた。この二点から下克上さんの魔法があらゆる感覚を強化できるのではないかと踏み、その上で嗅覚には頼ることができない状況を作り出すため、香水をぶちまけた」

「そうか！　聴覚で探知するだけなら罠の存在を感知することはできません。ですが嗅覚であれば金属臭を嗅ぎ取り、罠の存在を感知していたかもしれません」

「だが下克上さんは罠もしのいだ。こうなると美々は辛い」

藪の中を駆け抜け、開けた場所に出た。羽菜はそこで横にステップし、さらに追う。


「今、下克上選手がおかしな動きしませんでしたか？」

「樹木を避けた」

「樹木？　なにも無い場所でステップしたように見えましたが」

「先を行く美々が、樹木をコーディネートすることで迷彩を施していた」

「行く先に迷彩を施された樹木が立っているという状況だったわけですか。あのまま真っ直ぐに走っていれば激突していた、と。樹木にまでお化粧することができるんですね」

「相手が生物であれば魔法の対象内だ」

「なるほど！　しかし、よく避《よ》けられましたねえ」

「さっきの罠があったせいでより強く警戒している。恐らくは反射音……はっきりとは断定できないが、なんらかの感覚で回避したのだろう」


せっかくの美々の罠も相手の余裕を多少減らす程度にしか役に立っていない。魔王パムは確信した。下克上羽菜は強い。彼女を演習に送りこんだ監査部門の目は正しかったといえる。身体能力の高さ、戦闘経験、冷静さ、強力な魔法、全てにおいてレベルが高い。

カメラが次々に切り替わり、二人の魔法少女を追っていく。一度は見失った美々の姿は、一分も経たず捕捉した。「ここから先はエリア外」ということを示す赤色のラインぎりぎり手前で追跡者の方を向いて身構えている。ラインの外で五秒間経過すれば、問答無用で失格、全てのフラッグは没収だ。


「追い詰められました、スタイラー美々選手！」

「これ以上は逃げられない」

「狐に追いかけられ、崖に追い詰められた兎のように逃げ場所がありません！　ですがこの場合、兎が追いかけている側です！」


美々は羽菜に向かって駆け出し、同時に剃刀とハサミを投擲《とうてき》した。飛来する刃物の全てを避け、あるいは捌《さば》かれながらもどうにか位置を入れ替える。ラインに沿って二人は走り、その間、全力疾走を続けながら攻撃と回避を繰り返す。美々はすれ違いざまに蹴りつけ、流され、ハサミを投げ、悠々と回避された。手を止めることなく刃をばら撒き、染め粉を煙幕のように撒く。とにかく距離を詰めさせないよう滅多矢鱈《めったやたら》と得物《えもの》を使用し、だがそのいずれも羽菜は避け、かわし、素早くフットワークをきかせながら移動している。

ライン際での攻防を続けながらおよそ五百メートルに渡って移動し、そこからまたとって返す。斬りつけ、蹴りつけ、叩きつけ、元いた位置まで戻り、美々がラインから離れた。森の側に退がり、そこでハサミと剃刀を構えて足を止める。

羽菜はラインを背にして姿勢を低く構えた。今度は羽菜が距離を詰めようというのだろう。が、羽菜が動くより早く美々は武器を捨て、両掌《りょうてのひら》を開き、顔の高さに上げた。

羽菜は目を眇《すが》め、とん、と後ろへ退いた。仕草にも表情にも油断は見えない。エリア外ラインの半歩前で身構え、美々を窺っている。美々は手を開いたままで話しかけた。

「仮に……集めたフラッグを半分譲る……と提案したらどうします?」

「降伏……諦めましたか。確かにここまでの攻防を見ると……ちょっと美々選手が勝つのは難しいように見えましたね」

「ふむ」

「いやあ、しかし……びっくりしました。交渉を持ちかけるのもアリなんですね」

「アリだ」

「生き残ればチャンスはあり、脱落すればチャンスはありません。美々選手の側にすればここで脱落するよりフラッグの損失だけで終わらせた方がマシ、ということですか」

「そうだ」

「逆に下克上選手の側にしてみれば、最後の一足掻《ひとあが》きで抵抗されて負けないにしても怪我を負うかもしれません。長丁場になるサバイバル演習で序盤の怪我は敗北も同然ですから、どちら側にとっても一応メリットはある、と。収録的には少々盛り上がりに欠けますが」

「その場の勝利も大事だが、最後まで行動できることこそが第一義。怪我を負わないよう動く、という意識はサバイバルにおいて大切なものだ」

「クラムベリー選手と魔梨華選手は序盤から盛大にやり合っていたようですが、あれは？」

「あの二人は特殊な例だから。あまり、真似をしてはいけない」

　羽菜は僅かに唇の端を上げた。相手の意図を理解したのだろう。構えを解き、肩を竦《すく》めてみせた。

「どうせなら全部もらった方がお得かな、とは思いますね」

「ああ、そう。まあフラッグは譲りませんけど」

　羽菜の顔から笑みが消え、怪訝《けげん》な表情で美々を見る。美々は開いた掌をぱんと打ちつけ、「今魔法を解除しますから」と呟いた。

　羽菜の表情が「怪訝」から「愕然《がくぜん》」へ変化した。ラインの位置が変化した。羽菜の半歩後方にあったはずのラインが、羽菜の前方一メートル半の位置にある。即ち、羽菜は現在エリア外に立っている。

「これは!?　ラインの位置が変化している！」

「ああ……下克上さん、してやられたな」

「どういうことでしょうか」

「スタイラー美々はコーディネートの魔法で見た目を変える。それは人間や魔法少女に限ったものではない。木だろうと花だろうと……ラインが引かれた草だろうと、魔法によって見た目を変化させることができる」

「そうか！　本来のラインを消し、偽のラインを本物のように偽装していたわけですね。その偽のラインは真のラインよりも外側にあった……そして、下克上選手はエリア外に出ていたことに気付かなかった」

「予め仕掛けておいた罠によって、追いかけてきている下克上さんとの距離を取り、その間に美々はエリア外ラインをコーディネートして引かれている位置を変える」

「最後の降伏も策の内ですね。魔法少女の戦闘において五秒間は永遠にも等しい長い長い時間です。相手をベストの位置に移動させてから交渉を持ちかけることで、その貴重な五秒間を稼ぎました」

　スタイラー美々はふんと鼻を鳴らして羽菜を見た。魔梨華の影響、というわけではないのだろうが、彼女は初対面の相手に対しても下手《したて》に出ることはない。自分は強いのだから偉いのだとばかりに傲然《ごうぜん》としている。誰かに手酷《てひど》く負ければ案外丸くなるのではないかと魔王パムは思っているが、美々は手酷い敗北など知らないまま現在まで生きている。それだけの強さを持っているのだ。

　羽菜の表情は「愕然」から「いやあ、残念」へと変化し、兎耳を伏せ、頭をかいた。

「これは……してやられました。いや、勉強になりました」

　折り目正しい動作で頭を下げた。美々は、

「いえ……こちらこそありがとうございました」

　全く心のこもっていない調子で言葉を返し、背中を見せて駆けていった。どれだけ傲然としていても一応は敬語を使おうとする辺り、魔梨華よりは幾分か社会性がある。

「美々にしてもかなり苦しい手ではあったな」

「そうですか？　見事決めたように見えましたが」

「エリア外に出て脱落した者はフラッグ没収となる」

「事実上は美々選手が下克上選手を脱落させたとはいえ、ルール上は下克上選手が自分で脱落したということになるわけで……これでは勝利してもフラッグが手に入らない、と」

「ああ」

「これだけ苦労してフラッグが手に入りませんでしたというのは……ううん、いかにも効率が悪いように思えます。下克上選手はトップ争いに食いこむだけのフラッグを集めていたのだから猶更《なおさら》ですよね。いやあ、辛いですねえ。駆けていく美々選手の背中には、強敵を倒した喜びよりも口惜しさが見える、そんな気がしてなりません」

カメラは残された下克上羽菜をズームした。あと一歩まで追い詰めた獲物に足元を掬《すく》われ、ルールによって敗退した彼女は不思議と清々《せいせい》して見えた。口の中で何事かを呟きながら右手の人差し指を右に、左に、上に、下に振りながらエリアから離れていく。

美々との戦い、そこに至るまでのものも含めて、振り返っているのだろう。自分がやったことを思い返し、それがベストだったのか、もっと良い方法は無かったかと考えている。老練な戦闘巧者のようでいて、こうしたところは若武者のように瑞々《みずみず》しい。

魔王パムの目から見ても、それだけまだ伸びしろがある。

◇◇◇

魔王パムはすぐそこにいる。したり顔で解説をしている。手を伸ばせば届く。

だが、まだだ。あたしが動くべき「好機」は今じゃない。待つことは得意だ。濡れ落ち葉の下で身動き一つせずに丸三日間伏せていたこともある。あの仕事にはタフさが必要だった。今の仕事にはあの時以上のタフさが必要とされている。

魔王パムの羽は二枚飛んでいった。帰ってきてはいない。魔王パムの強さの源はあの羽だ。あれが一枚でもあれば「大量破壊が可能な魔法少女」の力を発揮する。無ければ弱い、とはいわない。だけど滅茶苦茶強い魔法少女程度のもんだ。

あたしはプロだ。油断はしない。慢心もしない。でも怯えもしない。相手の力量と自分の力量を的確に把握して、勝てるタイミングでぶっこんでいく。

◇◇◇

日が落ちてから数時間が経過した。虫の声、風の音、それに魔法少女の悲鳴となにかが破壊される音がそこかしこでこだましている。演習は中盤を過ぎ後半へ差し掛かろうとしていた。参加者は四分の一にまで削られ、フラッグが数ヶ所に集まっている。一人が複数枚のフラッグを所持しているため、誰かが誰かに勝てばそれで一気にトップへ躍り出る、といったことが珍しくない。

「去年までのデータによりますと、この辺から戦いがより激しくなる傾向があるようですね。ギリギリまで潜伏し、フラッグが集まったところで戦いに参加するタイプの魔法少女が活動を始めるようになるとか……ハイエナ的な、というところでしょうか」

「まあ、そういえなくもない」

「やはりあれですか。魔王パムさんとしては、そういうなんというか……セコい、といいますか、そういうやり方をとってほしくはないと思っていたりするんですか」

「勝利を目指すため、ルールの範囲内で最善の動きをとって咎《とが》められることはない」

「とはいえ、あくまでも演習なわけじゃないですか？　演習を通じて自分の問題点を洗い出し、より高みへ至るための材料としてもらうためにやっているという名目になっているわけなんですよね？　教育的なイベントなんですよね？　効率一辺倒のやり方でどこまでそれが果たせるかという問題になってきますよね？」

「いや、まあ」


実際には、魔王塾関係者には魔王塾の名に恥じぬ戦いをせよと厳命してある。だがお客様に命令をする権利は魔王パムにも無いため、ルールに記されていない暗黙の了解を強制するつもりはなかった。終盤まで潜伏していようと全ては参加者の自由ということになる。

「ということはやっぱり堂々と戦って欲しいということですよね？　チームを組んで戦ったり、なんていうのもお好みじゃないんでしょ？」

「いや、チームを組むことについてはなんの問題も無い。魔法少女の魔法は複数を組み合わせることにより十倍、百倍、千倍もの力を発揮することが」

「あ、今チームを組むことについては、とおっしゃいましたね。つまりチームを組むこと以外は問題があったりする、ということですよね？」

「……ノーコメントで」


画面が切り替わり、木々を蹴倒して進む一人の魔法少女が映し出された。


「おっ」

「魔王塾の魔法少女さんですか？」

「いや、彼女は違う」

「今のリアクション、ご存知の方のようですが」

「外交部門に所属している魔法少女だ」

「ああ、なるほど、同僚の方でしたか」

「……そうだな。同僚の魔法少女だ」

レディ・プロウドとの関係をどう説明するか迷った末、同僚としておいた。実際には同僚というよりも友人だ。少なくとも魔王パムはそう思っている。

魔王パムには対等な友人が少ない。魔王塾は弟子ばかりで対等な間柄の魔法少女はいない。外交部門でも魔王塾の出身者を優先して採用するようになったため、パムの弟子ばかりになってしまい、そこには対等な間柄なんてものが存在しない。

パムの同期で魔法少女を続けている者はもういない。同期どころか五年後輩くらいまで遡《さかのぼ》ってもいない。これでは袋井魔梨華にババア扱いされるのも道理というものだ。

しかしそんな外交部門の中でも全員が魔王塾出身というわけではない。魔王塾出身でなければ対等に付き合える者もいる。

「手元の資料にもありますね。名前はレディ・プロウド。自分の血液を任意の液体に変化させる魔法を使う。外交部門では部隊長を務め、よく働いてくれているという魔王パムからのお墨付きもあり。戦闘能力に秀《ひい》でるだけでなく、チームリーダーを任せた際の調整力は、戦うことばかりに傾倒している魔法少女ではかなわないとのこと。褒めてますね。流石は外交部門、トップエリートが集まる才能の極北《きょくほく》といったところでしょうか」

「別にトップエリートしか集まらないわけでは」

「現在のフラッグ所持数は……一枚？」

「一枚？　それはおかしい」

「カウントが間違っていたりしないですかね」

「間違ってるわけねーだろぽん」

「あ、すいません。ええと、間違っていないようですね。どういうことでしょうか。レディ・プロウド選手、動き始めたばかりということでしょうか。こう、ハイエナ的な」

「いや、彼女に限っては有り得ない」

魔王パムはレディ・プロウドの生き方を知っていた。

以前、研修旅行の下見で二人旅をしたことがある。民間のバスに乗って目的地となる道場に向かい、そこで一泊してきた。レディ・プロウドの血から作りだした酒を酌み交わし、外交部門の在り方や魔法少女としての生き方について意見を交換した。普段は口が堅く真面目一辺倒だと思っていたレディ・プロウドは酒に酔うと――彼女の血から作りだされたアルコールは魔法がかかっているため、通常毒を無効にする魔法少女にも作用する――驚くほど口が滑らかになり、頬を朱に染めて外交部門への不平不満を語ってくれた。更にはいずれは魔王パムを従え外交部門のトップに立つのだと宣言したのだ。魔王パムを目の前にして。未だかつてこんな魔法少女は一人としていなかった。

魔王パムは今でも折に触れてふと思い出す。あれは楽しかった。旅行が楽しい、というのは学生時代の修学旅行以来だったかもしれない。

レディ・プロウドは翌日からいつもの慇懃《いんぎん》な態度に戻った。オンとオフをきちんと切り替えられる魔法少女としてのあるべき姿に、パムはより好感を覚えたものだ。

今日のレディ・プロウドはオフではあるがオンそのものだった。胸をそびやかして森の中を歩く。切株を踏み割る。岩を蹴り砕く。深く入り組んだ太い根を引き起こす。大木が邪魔をすれば腕の一振りで殴り倒す。障害は全て取り除く。

殊更《ことさら》大きな音を立てて前進しているように見える。サバイバル演習において参加者は目立つことを嫌う。自分の位置を知られ、そこに敵が集まる。一方的に居場所を把握され、執拗《しつよう》に追跡されれば屈強な戦士であっても精神的な消耗は計り知れない。

「ここで敵！」

「数が多いな」

案の定、レディ・プロウドに攻撃が集中した。

不意を討とうと木の陰に身を潜ませレディ・プロウドをやり過ごそうとした魔法少女は木諸共に蹴り倒され、木の葉を身に纏い樹上から襲いかかった魔法少女はトゥキックに迎撃され、一人殴り、一人蹴り、一人を投げた。人数の差をものともしていない。

背後から放たれた破壊光線を首を振って回避し、同時に前を向いたまま一気に後退、後ろ蹴りで敵の鳩尾を蹴り抜いて一撃で昏倒《こんとう》させた。投げつけられた投げ縄を掴んで引っ張り、勢いよく引き寄せられた持ち主の顎に掌底《しょうてい》を一発入れてノックアウト。目視《もくし》さえ難しい細かな含み針に対し、むんずと抜いた木をクルクルと回転させ全ての針を受け止め、そのまま回転の勢いを殺すことなく敵に投げつけ、吹き飛ばした。

木を投げつけたのとほぼ同時にエンジン音、それに物を切り裂く音と砕く音、踏み潰す音が背後から迫り、レディ・プロウドは振り返って車体を受け止めた。掌《てのひら》が裂け、血がしぶく。古代ローマで使用されていたチャリオットの如く、無数の刃で武装した小型戦車だ。上に乗った庭師モチーフの魔法少女が狂笑しながらレバーを倒した。レディ・プロウドは地面に跡を残しながらじりじりと戦車の前進に押されていく。回転刃を素手で押し止めているため、傷口は広がっていき、出血が著《いちじる》しい。

木の根、土、岩、あらゆる物を巻きこみ、切り裂き、砕き、土埃《つちぼこり》と草木の切れ端を舞い散らせながら進む小型戦車を受け止め、しかし力負けしていた。

「ええと、手元の資料によりますと、魔王塾以外からの参加者ですね。ミナ・マッドガーデナー・エイカー。猛スピードで走る魔法の殺人芝刈り機を使用するとのこと」

「ああ、あれ、芝刈り機なのか」

「常日頃はおしとやかで慎み深い魔法少女ですが、芝刈り機に跨ると強い破壊欲求に駆られて狂戦士のように戦い続ける……この人、参加させても大丈夫なんですか?」

「面接の時はおしとやかだったからな……」

甲走《かんばし》ったミナの笑い声が夜深い森の中に響き、やがて鎮《しず》まっていった。熱狂の只中にいたミナ、そして彼女の操る芝刈り機の立てる音が徐々に小さくなっていく。ミナは何度も繰り返しレバーを倒し、しかし、芝刈り機の動きが鈍くなっていく。

「動かない？　ミナ選手の芝刈り機、なぜか動かなくなりました！」

「見ろ。車輪と回転刃だ」

白く濁って固まったなにかが、芝刈り機の車輪と回転刃部分に絡みついている。

「あれはいったい……？」

「接着剤だな。主剤は恐らくエポキシ系。二液混合で硬化剤に別の物も混ぜている」

「それはつまり」

「レディ・プロウドの掌が切り裂かれて、車輪と回転刃に血が流れている。その血液を強力な接着剤に変えたようだ」

「あれはもう、ちょっと動きそうにありませんね」

ミナが金切声を上げてレバーを倒す。だが動かない。軋《きし》むように嫌な音が鳴り、車体から黒煙が上がった。レディ・プロウドの腕に青黒い血管が浮き上がる。ミナの金切声が悲鳴に変わった。殺人芝刈り機が地面から浮いている。

レディ・プロウドは一気に身体を反らせ、ブリッジの姿勢をとった。スープレックスの要領で芝刈り機を搭乗者諸共に後方へ投げ捨てる。木々をへし折りながら芝刈り機が飛んでいき、ミナの悲鳴とともに闇の中へ消えていった。

「殺人芝刈り機さえ問題にしていません！　強い！　レディ・プロウド、強い！」

殺人芝刈り機と入れ替わるように現れた魔法少女は、ここまでの敵とは違っていた。衒《てら》いも気負いも無い、森の中の散策のような足取りで近づいてくる。その魔法少女は金属光沢のあるコスチュームを身に纏い、ある種の雰囲気を持っていた。見る者が見れば「ああ」と納得する、そういう雰囲気だ。

「ここで新手《あらて》の登場です。どうやら彼女も魔王塾以外からの参加者みたいですね。ええと、名前はメタリィ。フラッグ所持数は二十八枚」

「……強い」

メタリィは足を止めず、一定のペースを保ったまま木々、草、岩、それにレディ・プロウドによって倒された魔法少女達を踏み越えて進んでいる。レディ・プロウドは足を止めていた。掌からの出血は既に止まっている。

戦い続けているはずなのに、レディ・プロウドは疲労を見せない。鼻から出てくる呼気は常に一定で落ち着いている。呼吸からは静かな興奮さえ見える。身体からは妖気を纏うように水蒸気が上がっていた。魔法少女にあるまじき発汗量だ。

髪は乱れ、御伽噺《おとぎばなし》に登場する鬼婆のようになってしまっている。彼女を象徴するアクセサリー、大蒜の髪飾りは、戦いの煽《あお》りを受け外れてしまったらしい。口元から見え隠れしている牙、そして牙を見せる時は言葉が漏れている。

「魔法少女は思いが全て……」

魔王パムは頷いた。良い感じに仕上がっているようだ。

「なんだかレディ・プロウド選手の様子が妙……ですね？」

「強敵を相手にした時のみ使用するレディ・プロウドの奥の手だ」

「奥の手、とは？」

「レディ・プロウドは自らの血液を任意の液体に変化させる。この魔法によって神経――」
「そういうことですか！　神経伝達物質、脳内麻薬を自在にコントロールし、限界を超えた戦闘能力を獲得。痛覚の鈍化、五感の鋭敏化、瞬発力の強化といった数多くの恩恵を得るわけですね。そういえば掌の出血も止まっていますが、あれも血中の成分を操作して、ということでしょうか」

お互いがお互いの実力を理解している。金属光沢の魔法少女――メタリィは、右手から金槌《かなづち》を、左手から手槍を生み出した。レディ・プロウドはそれを受け、跳んだ。

空中で身を翻し、身体を反転させ、手近にあった中で最も太い枝へ跳び、枝を踏み台にして敵へと跳んだ。突き入れられた手槍にマントを絡め、勢いを流しながら踏みつけ、しかし大楯に邪魔された。

「メタリィ選手、身体の中から金属製品を生み出す魔法を使うということですが」
「組成の速度が並ではないな。速い」

レディ・プロウドは着地し、マントを翻らせた。マントの下にはずらりと試験管が並び、試験管内にはレディ・プロウドの血液が詰まっている。

「ガソリン、ニトログリセリン、液化窒素、溶岩、合成オピオイド、イソプロピルメタンフルオロホスホネート、どんな危険な液体にも変化させられるわけですね。しかし、こう、なんといいますか、色々と大丈夫なんでしょうか」
「安全面については配慮されている」

レディ・プロウドは試験官三本を掴み取り、中身を振り撒いた。空中で赤い血液の色が薄らぎ、瞬時に白色へと変化する。

「魔法の液化窒素だ。命中すれば凍傷どころでは済まない」
「さあどうするメタリィ選手！」

液体という回避が困難な攻撃に対し、メタリィは避けることなく真っ直ぐに前進した。進みながら身体の形を変え――否、身体全体から重厚な騎士鎧を生み出し、液体窒素が触れると同時にパージ、中身は全く無事なままでレディ・プロウドに半歩の距離まで近寄った。この距離では試験管を投げるどころか取り出す程度の隙を見せることさえできない。
レディ・プロウドが爪を振るい、メタリィは金属の串を出してそれを受け、レディ・プロウドの掌から手の甲にかけて長い串が貫通した。

「いたあああい！　これは痛そうだ！」

「痛みはともかく動きが阻害されるな」


メタリィが放った追撃の正拳は徐々に大きさを増し、レディ・プロウドに到達する時には拳《こぶし》部分がブラスナックルに覆われていた。脇腹へのショートフックを弾き、胸への一撃は右手の串を握り折って受け流し、そこから流れるようなコンビネーションで放たれた頬への一撃に対し、レディ・プロウドは大きく口を開けた。

レディ・プロウドの牙が、繰り出されたブラスナックルをなんの抵抗もなく噛み砕いた。メタリィは既に拳を引いている。噛み砕かれたのはブラスナックルのみだ。レディ・プロウドは口中のブラスナックルの欠片を敵に吹きつけ、メタリィは気合い声とともに右手の手甲で払いのける。メタリィは、すかさず長剣で斬りつけ、同時にナイフを投げるが、レディ・プロウドはその全てを弾き飛ばした。メタリィはトンボ返りで後方へ跳ね、空中でなにかを撒いた。地面の上に転がったそれは四方八方へ鋭いトゲを向けている。

「撒菱《まきびし》か。棘の先に返しまである」

「撒菱の上に足を上げたあっ！　そのまま行くのか⁉」

「今のレディ・プロウドはなによりも攻撃を優先して動いている」

「撒菱を踏めばどうなるという状況判断以前に、トンボ返りという無駄に派手なアクションを決めた相手の隙を突くべく、撒菱を踏み潰して前へ出ようとしているということでしょうか。その結果、足を潰すことになっても後悔は無いと？」

「トンボ返りは、恐らく……誘い」


レディ・プロウドは撒菱に構わず一歩を踏み出そうとし、踏み出すよりも早く棒状のなにかが滑りこんだ。あっと思う間もなく、レディ・プロウドは棒状のなにかをふわりと蹴って前に進み、着地する寸前のメタリィに前蹴りを叩きこんだ。

メタリィは盾を生み出そうとしたが蹴りの速度に間に合わず、ガードの上から骨が折れる音と肉の打たれる音がした。メタリィは横に回転しながら茂みの中に突っこんでいき、レディ・プロウドはそれを追って走っていった。


「ちょ、直撃ぃ！　物凄い音がしました！　これは痛い！　本当に痛い！」

「今なにかあったな」

「ええっと、映像の早戻し早戻し……すいません。切り替え以外で複雑なカメラの個別操作はこちらからだとちょっと。下手にやると壊れちゃうもんで。あ、ファヴさんお手数ですがお願いしていいですか」

ファヴは散々に不平を漏らしてから映像を早戻ししてくれた。さらにスローをかけて再生し、レディ・プロウドの足元に投げ入れられた棒状の物体を確認する。

「……傘、ですかね」

「傘だ」

スローと早戻しを解除し、カメラがリアルタイムに戻ると、そこには一人の魔法少女……メタリィ、レディ・プロウドの二人がいなくなってから現れた者がいた。黄色のレインコートを着た魔法少女は「あったあった」と草むらから棒状のなにかを拾い、やはりそれは閉じた傘だった。レインコートの魔法少女は「もうちょっと稼いでもらわないとね」と呟き、レディ・プロウドの後を追っていった。

「あの魔法少女は……アンブレンですね。現在フラッグ所持数二十一枚です」

「外交部門の魔法少女だ」

「おや、彼女もパムさんの同僚で？」

「レディ・プロウドの部下だが……なにをやっているのだろう」

「手元の資料によりますと、アンブレンの持っている魔法の傘は、物体の質量や速度を無視してふんわりと受け止めることができるそうです」

「投げ入れた傘でレディ・プロウドの足を受け止めることにより、撒菱を踏ませなかったのだろう。レディ・プロウドのサポートをしているのだろうか」

「ファヴさん、すいませんがアンブレン選手を追って早戻しお願いします」


カメラが切り替えられていく。倒れている魔法少女の身体をアンブレンが改めている。胸元から畳まれたフラッグを引き抜き、レインコートの中に仕舞いこんだ。

倒れている魔法少女には見覚えがあった。あれは先ほどレディ・プロウドに倒された投げ縄使いの魔法少女だ。魔王パムは考える。レディ・プロウドはなぜかフラッグの所持数が一枚だった。そしてアンブレンの先ほどの発言。


「こういうのもアリなんですね」

「……ルールでは禁じられていない」

「上司のサポートをする部下という意味ではけして悪いことではない、といえなくもないですしね。しかしなぜレディ・プロウド選手は自分でフラッグを回収していかないのでしょうか。これではどれだけ勝利しても順位は低いままになってしまいますけど……」

魔王パムは「レディ・プロウドが殊更に大きな音を立てて進んでいた」ことを思い出した。あれは囮《おとり》となって敵を集めていた、ということだろうか。レディ・プロウドは前衛兼囮役、アンブレンは回収役兼サポート役、という役割分担だ。

結局その役割分担ではレディ・プロウドだけが危険を背負い、しかも最終的にフラッグを獲得するのはアンブレンということになる。得が無い。だが部下のために損得を抜きにして身体を張る、というのはレディ・プロウドらしさがある。魔王パムは微笑んだ。

◇◇◇

長く息を吸い、長く息を吐く。心が凪《な》いでいく。人数は減っている。残っているのはハイエナか、強いやつか、どちらかだ。ハイエナならいい。強いやつはもっといい。とにかく大暴れをしろ。そして魔王パムの手を煩《わずら》わせろ。やつの周囲から羽を消せ。

この演習が始まる前、遠くから見た時の魔王パムを思い出す。

下調べのため、何日間か魔王パムの身辺を調査した。もし隙があればその場で、と思わなくもなかったけど実際に姿を見てそんな考えは雲散霧消《うんさんむしょう》した。空気が違う。あれは無理だ。羽だ。羽が悪い。魔王パムの戦いぶりは映像で見た。羽が無ければ問題は無い。んでもって不意討ちだ。どんなに強い魔法少女でも意識の外から攻撃してやれば、あっさりと攻撃を食らってしまうもんだ。そうやって何人も仕留めてきた。

相手は表舞台で華やかに戦う魔法少女。あたしは裏でこそこそと隠れる魔法少女。同じ黒いコスチュームでも天と地の違いがある。魔王パムは尊敬され、あたしは蔑まれる。それでいいんだ。だからこそチャンスが生まれる。天に輝く星は、地べたでこそこそカサカサ這い回る虫に注意を払わない。あたしはやつにとっていないも同然だ。

時間は迫っている。慌てるなと自分を落ち着かせる。チャンスがあれば動く。なければ動かない。ただそれだけのことだ。焦る必要はない。

虫の声。鳥の声。蛇の這う音。人が話す声。呻く声。怪我人の保護施設があるか。本部テントの近くにあるっていうのは別に不思議なことじゃない。

どんな魔法少女がいようと関係ない。邪魔が入る前に、有無をいわせず仕留める。

◇◇◇

「集計でました。現在トップは炎の湖フレイム・フレイミィ選手。現在位置は……」

「D51区域」

「おっと。パムさん早いですね」

「羽を付近に待機させているから場所がわかる」

「そういえば森林火災発生させたんでしたっけ。やはり問題児なんですか？」

「問題児というか……こう、熱しやすいというか影響されやすいというか」

「なるほど、今回の演習でも熱く燃えているということですね」


　真紅の髪を振り乱し、炎と同じ色のワンピースを身に纏った魔法少女が木々の間を縫って飛んでいた。跳ぶのではない。地面に足をつくことなく、飛ぶのだ。

「フレイミィは炎の魔法少女だ。空気を燃焼させ、膨張させた上で噴出させることにより持続的な飛行を可能としている」

「元々飛行能力を持っているわけではないんですか？」

「あくまでも魔法の力の応用だ」

「それは凄い……しかしえらく低空飛行ですが、危なくないですかね」

「下手に高度をとると長射程攻撃が可能な連中から狙い撃ちにされる」

　カメラが次々に切り替わっていく。フレイミィの飛行速度は、足に自信のある魔法少女が森の中を駆け抜けるのと比べてもずっと速い。低空飛行で障害物の間を縫っていく、という飛行方法にフレイミィは熟達している。低空での飛行によって危険な目に合うのはフレイミィではなく、周囲だ。激しく火の粉を飛ばして移動するため常に火災の危険を伴う。

現在は魔王パムの羽が後ろから追尾していた。


「いやーもう見るからに燃えていますね！」

「フレイミィは『魔王塾六火仙』の筆頭だ」

「『魔王塾六火仙』！　これはまた凄そうな」

「『魔王塾十二魔将』と『魔王塾三天姫』『魔王塾五芒星』『魔王塾四絶拳』『魔王塾七福神』を兼任している。多くのグループから誘われる実力を持っているということだ」

口角がぎゅっと上がっている。それだけでなく時折声が漏れる。きゃっともきゅっともつかない高い声だ。炎の湖フレイム・フレイミィは笑っていた。


「ノリにのっている、という感じですが」

「調子に乗りやすいタイプではある」

「おっと、ここでフレイミィ動きを変えた！　獲物を見つけたか！」

　フレイミィの口角がより角度をもって吊り上がった。カメラが切り替わる。別の魔法少女が画面内に登場し、瞬《まばた》きするほどの間もなくフレイミィが飛びこんできた。襲われた魔法少女は前方に転がって回避し、即Uターンで戻ってきたフレイミィとの間に巨大なシャボン玉を生み出した——が、フレイミィの突撃に対してはなんの意味も無かった。些《いささ》かも勢いを減ずることなくシャボン玉が割られ、オーバーオールの魔法少女はフレイミィの突撃を回避し切ることができず土の上に転がった。


「ウッタカッタ。フリーランスの魔法少女、とのことです。インタビューでは全く隠すことなく賞金目的であると発言していますね」

「シャボン玉使いか」

「火にシャボン玉ってなんだか相性が悪そうですけど」

「魔法次第ではある」

「ウッタカッタの『魔法のシャボン玉』は魔法少女であっても容易に破壊することができない弾力を持っている、ということですが……熱に強い、とはどこにも書いてありませんね。見た感《かん》じ、炎に触れた瞬間破裂しています。シャボン玉が使えないとなると相当に辛い戦いを強いられることになりますが」

草木が延焼し、炎が赤々と周囲を照らしている。一際《ひときわ》大きな炎が爆発的に燃え上がり、炎は人の形をとった。人の形は炎の中へ溶けて消え、また別の炎から出現し、それを繰り返す。その度に炎の舌が草木を舐めとり、延焼範囲が広がっていく。

「フレイム・フレイミィは炎の中を移動する」
「火事場は彼女にとって最も適した戦場ということですか。はた迷惑な話ですねえ」
「消火活動の準備は万全だ」

頭に角を生やしたオーバーオールの魔法少女「ウッタカッタ」がストローを咥《くわ》え息を吹き込む。先程の巨大な物と比べて十分の一程度に縮んだ複数のシャボン玉が一気に噴き出た。火事場での戦いを嫌ってか、ウッタカッタはシャボン玉を足場に上空へ逃げていく。フレイミィは炎の中から完全に実体化し、上空へと螺旋《らせん》を描いて飛んでいく。ウッタカッタは次々に足場を生み出し上を目指していたが、ぐらりと揺れた。足場にしていたシャボン玉が揺れている。そのせいで反応が遅れた。

フレイミィがウッタカッタに到達する。ガードができる体勢ではない。ウッタカッタは表情を歪め、足場を蹴って身体を反らせバク転、ギリギリ回避、しかしそこに足場はない。

地面に向かって落下していく。

「フレイミィが上昇気流を作った。あれでシャボン玉の足場を不安定にしたな」

「無駄に派手な動きをしているようでしたが、きちんと意味はあったんですね」


地面に激突するより早くウッタカッタが巨大なシャボン玉を吹き出した。巨大なシャボン玉はウッタカッタの身体を包みこみ、ふわりと浮遊し、だが既にフレイミィが目と鼻の先にまで迫っている。シャボン玉の中では回避ができない。フレイミィはより角度をつけて口角を上げ、ウッタカッタは片目を眇めて皮肉っぽく笑い、懐に手を入れた。

フレイミィがシャボン玉に突っ込む直前、シャボン玉が白く濁り、中のウッタカッタが見えなくなった。直後、悲鳴が上がる。二人の魔法少女は延焼地帯から離れた岩場に落下し、片方は空中で一回転して足から着地、もう片方は背中から落ちて強《したた》かに身体を打ちつけた。受け身もとらず、両腕を抱いて岩場を転がり悶絶している。

足から着地した魔法少女――ウッタカッタはゆっくりと立ち上がり、口元だけで笑った。

「どうしたことだ！　ダメージを受けたのは攻撃したフレイミィ選手！　苦しそうです！　これは苦しそうだ！　いったいなにがあったというのか！」

「二人がぶつかった辺りを見ろ。白い粉が散っているだろう」

「白い粉……ありますね。なんでしょう、あれは」

「消火剤だ」

「消火剤！　そういえば接触寸前にシャボン玉の中が白く染まりましたが……あれはシャボン玉の中で消火剤を振り撒いたのでしょうか」

「フレイム・フレイミィは、その名が示すように身体が炎で構成されている魔法少女だ。並の消化剤ならともかく、魔法の消化剤は彼女にとって劇薬になる」

「なんと、そんなことを！」

「高速度で飛行するフレイミィに対し、消火剤を浴びせるのは非常に難しい。だが罠として用意し、誘いこむ。これならば飛行速度は関係ない」

「しかし魔法の消化剤……ですか？　そういったアイテム類の持ち込みは……」

「コスチュームと魔法により生成した物を除いて、あらゆる装備は持ちこみが禁じられている。当然消火剤を持ちこむこともできない」

「ということは反則行為でしょうか」

「いや……私の記憶が確かであれば、先の消火活動を手伝ってくれた参加者の中にウッタカッタが混ざっていた。恐らくあの時に消火剤をくすねていたのでは」

「ルール的に許されるんですかね？」

「限りなくグレーだがブラックではない」

岩場を転がり、苦しみ、叫び、涙を流し、あらゆる表現を用いて苦痛を表現していたフレイミィは、それでも十秒に満たない時間で身体を起こした。悪寒《おかん》に震え、歯を食いしばり、口の端から涎《よだれ》を流し、呼吸は荒い。ふらつく頭をどうにか支え、未だ定まらない目で空を見上げ、フレイミィは息をのんだ。

白く濁った無数のシャボン玉が周囲を埋め尽くしていた。

「待っ」

最後までいい切ることはできなかった。殺到するシャボン玉が次々に割れ、フレイミィを中心にして白い粉が舞い散り、甲高《かんだか》い悲鳴が夜闇を切り裂き、やがて消えた。

「炎の湖フレイム・フレイミィ選手脱落ぅー！　ウッタカッタ選手、トップに踊り出る！」

「いや、躍り出ていないようだ」

「え？　そうなんですか？」

「上位陣同士が潰し合っているせいでポイントが激しく流動している」

「これはいよいよわからなくなってきましたね」

「とりあえず消火活動を手伝うために羽を向かわせておこう」

◇◇◇

フレイミィは最後に良い仕事をしてくれた。まあ、あいつは自分がしでかしたことで師匠がピンチになった、なんて思ってもいないだろうけど。

あたしは周囲の気配を探った。

魔王パムの羽は、もう無い。全てテントの外に消えた。

マスコットキャラクターがぶつくさいいながら仕事をさせられている。魔王パムは解説をし、小うるさいアナウンサーが実況している。マスコットもアナウンサーも問題じゃない。せいぜい巻きこまれる不運を嘆いて欲しい。

◇◇◇

魔王パムは時計を見た。そろそろ終わる。今回の演習はなにかと気苦労が多かった。やり慣れないことをしているせいだという自覚はある。できることならしたくはない苦労だったが、外交部門からの命令である以上は仕方がない。

魔梨華とクラムベリーが脱落したという話は聞こえてこない。あの二人は目立つからどちらかが脱落しても話題に上る。それが聞こえてこないということは、まだ殴り合っているのかもしれない。少し羨ましくなる。

「上位陣はいよいよ混沌とした様相を呈してきました」

「フラッグを集めた者ばかりが残っているからな。一人倒すだけで大逆転が狙える」

「総計出たぽん」

クラムベリー付きマスコットキャラクター、ファヴは、あまりにも長い待ち時間に嫌気が差したのか、とにかく暇潰しができるならとフラッグ数の管理をしてくれている。自分の主が現在どうなっているのかはあまり気にならないらしい。

「現在一位、ウッタカッタ」

魔法の端末にずらずらとアルファベットと数字が並んでいく。ファヴは定期的に羽ばたきし、その度に金色の粉が散る。やがて「ぽん」という甲高い合成音声とともに文字の羅列とファヴの動きが止まった。

「あ、一位入れ替わったぽん。フラッグ三枚差でスタイラー美々」

「ここでスタイラー美々選手がきました！」

「また入れ替わり。フラッグ一枚差でアンブレン」

「続いてアンブレン選手が走る！」

トップ以外に賞金はなく、賞状やトロフィーが出ることもない。それどころか二位以下の順位が発表されるわけでもないため、自慢しようとしても自称以上のものにはならない。ゆえに是が非でもトップを目指す者が多数派となり、トップ争いが盛り上がる。

「大混戦ぽん。上位陣は……アンブレン、公爵夫人《こうしゃくふじん》、双子星《ふたごぼし》キューティーアルタイル、ブルーコメット、ウッタカッタ、転寝早苗《うたたねさなえ》、マイヤ、バーター嵐子《らんこ》、もるもるモルグ、スタイラー美々、ぷちでびぃ、最終的に一位になれそうなのはこの辺ぽん」

「さあ誰が一位となるか！　終局までのカウントダウンは既に始まっている！」

魔王パムは眉間に指先で触れた。皺が寄っている。

思っていた以上に魔王塾勢が振るわない。トップを狙える位置にいるのはキューティーアルタイルのみで、他の塾生とOGは名前も出てこなくなってしまった。

クラムベリーと魔梨華という優勝候補両巨頭が最序盤からぶつかり合ってしまったのは仕方ないとしても、他の連中は問題だ。エイミーともな子は早々に切り上げて救護所でふざけ合っていた。そんなに余裕があるなら救護班の手伝いをしてこいと怒鳴りつけている途中でもう姿を消していた。エイミーともな子が救護班に加わっているという報告は魔王パムのところにまで届いていない。他の塾生、卒業生についても五十歩百歩だ。

魔王パムは考える。自分が悪かったのだろうか、と。外からの参加者に対して無茶をするな、というのは、手心を加えろといったも同然だ。だったら本気を出さずに手を抜いてもいい、と解釈されてもおかしくはない。

強い者が勝つならそれでいいとは思う。思うが、いざ終わりが近づいてくると、魔王塾の関係者がもうちょっと多ければな、くらいには思ってしまう。

贔屓《ひいき》はしなくても心に嘘は吐けない。

魔王パムは眉間に当てていた左手を側頭部に置いた。熱をもっている気がする。

魔王パムも含めた魔王塾関係者が外部からの参加者を侮《あなど》っていた。お客様に無茶をするな？　何様のつもりだ。侮っていい相手ではなかった。面接をしたパムでさえ気付かなかった。篩《ふる》い落とし、最低限の戦いができる者を揃えなければならない、などとズレた心配までしていた始末だ。

――一番反省しなければならないのは私だった。

魔王パムはより深く椅子に腰掛け、テントの天井を見上げた。背骨が「ちり」と音を立て、パムは椅子から立ち上がり、机に向かって身構えた。ファヴは気付いていない。実況者はモニターに顔を向けている。

魔法少女がいた。ごついガスマスクで顔を覆っている。参加者ではない。見覚えがない。山と積まれた魔法の端末の下からぬるりと現れた。コスチュームは黒一色、背後へと流れている髪も黒い。背中には昆虫のような二枚の羽が黒光りし、頭部から二本の長い触角が生えている。ゴキブリだ。

敵であることは一見《いっけん》で理解した。踏み出し、殴りつけた。机が粉砕され、木屑や金具とともに魔法の端末がバラバラと散らばる、が、既に魔法少女の姿がない。魔王パムの優れた動体視力は魔法少女の動きを捉えていた。ゴキブリを思わせる黒い魔法少女は、魔王パムの拳が触れるよりも早く再び魔法の端末の下に潜りこんだ。机が粉砕され、魔法の端末が飛び散ったが、魔法少女はそこにいない。

アナウンサーが椅子を蹴って立ち上がった。ファヴが何事か叫んでいる。

魔王パムは振り返り、同時に蹴りつけた。黒い魔法少女はテントと地面の隙間に入りこんで攻撃を回避した。どんな隙間にでも入りこむ、といった魔法だろうか。

次に出現した場所はテントの逆側だ。魔王パムとは距離があった。

黒い魔法少女は右手に金属の塊を持っていた。ケーブルが伸び、スイッチのような物が並び、なんらかの装置のようではあるが、魔王パムの乏しい機械知識ではなにをするためのものなのか全くわからない。ただ、危険な物である、ということだけはわかった。背骨が鳴るのは、平時に危険な物が近づいた時だ。

爆弾だとしたら、この距離で爆発させれば確実に自分も巻きこまれる。自爆を良しとする狂信的な雰囲気はない。纏った空気は張りつめ、乾いている。プロフェッショナルのそれだ。ガスマスクが飾りでないとすれば、恐らくはガスが噴き出す。気を失うか、麻痺するか、それとも即死するか。

右手が振り下ろされ、装置が地面に叩きつけられようとしている。装置が叩きつけられた時、どのようなことになるのか容易に想像がつく。

受け止めたところで衝撃は残るだろう。装置が作動しないとは限らない。

ここからでは魔法少女を攻撃しても間に合わない。たとえ攻撃が命中したとしても、装置は叩きつけられる。

装置を蹴り飛ばそうとしても、インパクトの瞬間、叩きつけたのと変わらないことが起こるだろう。危険が残らないよう分解できるだけの時間も余裕も知識も持ち合わせてはいない。一人で逃げる、というのも駄目だ。周囲には救護のテントも並んでいる。

つまり魔王パム自身がどう動こうと装置が叩きつけられる。黒い魔法少女はそうなるように、狙って動いていた。魔王パムの動きを誘導し、「間に合わない距離」をあけ、そこで最終的な目的を果たそうとしているのだ。

装置が叩きつけられようとした刹那、動いた者がいた。

実況者が滑りこんで装置を受け止め、同時に変形、変色し、布状の黒い物体となって装置、それに投げた魔法少女を包みこみ、一瞬で球状に変化した。腹の底からずんと響く音、それに衝撃で黒い球体が激しく震えた。

「……なにが起きたぽん？」

「ちょっとしたアクシデントですからご心配なく。それより集計をお願いします」

背中の羽を起こして周囲を警戒した。特になにかが起ころうという気配はない。どうやら単独犯のようだ。球体の中の魔法少女も消えてはいない。潜りこむ隙間が無ければ逃げることはできない、という魔王パムの予測は正解だったのだろう。

「収録のため実況と解説を用意してくれ」と頼まれた時、魔王パムが解説をするということはあっさりと決まった。だが目まぐるしく変わる戦況を捉え、魔王パムの解説と共に実況をすることができるほどの魔法少女は、皆、演習への参加を希望したため、実況をできる魔法少女がいなくなってしまった。戦おうとしている者を邪魔できる魔王パムではない。だったらしょうがない、実況と解説を全て自分でやってやろう、と考え、羽を魔法少女の形に変形させて操り、一人二役で実況者を演じさせた。これならば魔王パムの素早い解説にも実況者がついてこれる、というわけだ。

なんて滑稽なことをしているのだと自嘲《じちょう》するばかりだったが、今回はそれが吉と出た。襲った側もただの実況魔法少女としか思っていなかったのだろう。魔王パムは身構えたままで終了のブザーを聞き、ほどなくテントの外がざわつき出した。

「出たぽん。トップ、一枚差で双子星キューティーアルタイル」

魔王パムは、一瞬「どうにか面子が保たれた」と思ってしまい、そんな自分を恥じた。

パトリシア撃退作戦

『魔法少女育成計画ACES』の物語が始まる少しだけ前のお話です。

初出

『魔法少女育成計画ACES』
とらのあな購入特典

プフレがパトリシアを護《まもり》の護衛につけてから一週間が経過した。護がどこに行ってもパトリシアがついてくる。後ろを振り返ればそこにいる。トイレに入れば個室の前で待っている。

授業中さえ安息《あんそく》の時ではない。

「よろしくお願いします。服部《はっとり》シアです」

権力と財力は不可能を可能にする。どう見ても二十代前半という妙齢の女性が学生服を着て転入してきた、という異常事態。人小路《ひとこうじ》がそれを良しとした以上、学校に拒否権はなく、生徒達にはSNSで拡散することも許されない。

転校初日から教室の中では「魚山《ととやま》護の新しい恋人ではないか」と噂されていた。「新しい恋人」ということは古い恋人がいるはずだが、それはいったい誰の事を指しているのか。「あのいつも一緒にいる方はどなた?」と聞かれても「服部さんです」と偽名を答えることしかできない。当のパトリシアは意外と順応が早く、授業でも積極的に挙手し、音楽の時間は拳を握りしめて熱唱し、体育では高校生離れした身体能力で活躍、体育教師からはぜひ陸上部にと請《こ》われていたがそれでいいのか。クラスメイト達ともすぐに打ち解け、純粋培養のお嬢様方を軽口で笑わせていた。

パトリシアに護衛を依頼した庚江《かのえ》は家に籠って調べものと考え事をしている。そちらについてもなにかしらの対策を講じておきたかったが、対策を講じるにしてもパトリシアは邪魔だ。単に護を護衛するだけでなく、監視役としての役目も担っている。護がなにかすればそれはそのまま庚江に報告されると考えていい。

パトリシアをまく。偶然を装ってはぐれ、その間に庚江対策をすべくスノーホワイトにメールを入れる。これでいこう、これならいけると考えた。

人ごみに紛れてはぐれる、というオーソドックスなやり方を狙ってみた。満員電車、遊園地、スクランブル交差点、どこに行っても、どれだけ不規則な動き方をしても、人の流れに逆らっても、しっかりとパトリシアはついてきた。

本来乗らない予定の電車がドアを閉める直前に飛び乗る、という方法を選び、これならと思って横を見るとパトリシアが立っていた。もうこうなったら強引でもいくしかないと住宅街でいきなり走る、ということもやってみた。ヤケクソで走りながら「いやー、突然走り出したくなっちゃいまして。そういうことってたまにあるじゃないですか」という言い訳を考えていたのだが、体力の限界まで走って息を切らせ背後を振り返るとパトリシアが汗もかかず立っていたので護は愕然とし、パトリシアから「護ちゃんって体力ないねえ」と笑われ、返す言葉が無かった。

パトリシアは悪魔のようだった。庚江という悪魔に雇われているのだから、悪魔であっても全く不思議ではない。人間が悪魔に勝つためには手段を選んではいられない。

護はやり方を変えた。はぐれようとするのではなく、パトリシア本人に離れさせるよう仕向ければいい。パトリシアが庚江に「もうあの人についていくのは嫌です」とお役を返上すれば、それは護の勝利だからだ。

記憶に従い、人小路の食糧庫を漁《あさ》った。お嬢様に命じられたということにしておけば、屋敷の中では大抵のことが許される。つまり庚江は屋敷の内外どちらでも許されていることになって大変に癪《しゃく》に障るが、今はそのことを論じている時ではない。

倉庫の奥で埃を被っていた目標物を発見。シュールストレミングだ。世界一臭いと評されることもある塩漬けニシンの缶詰である。

どれだけ運動神経に優れていようと、匂いに耐えられるかは別問題だ。これならきっといける。確信を持って行動に移った。パトリシアを隣に立たせてシュールの缶に缶切りの刃を立て、パンパンに膨らんでいた缶から噴出した中身をもろに浴び、護は翌日朝まで寝込むはめになった。

ベッド上で悶《もだ》える護を団扇《うちわ》で煽ぎ、パトリシアは感に堪《た》えずといった様子で呟いた。

「ボスが護ちゃんを気に入る理由の一端がわかったような気がする」

「うう……パトリシアさん、そんなに煽がなくてもいいです……」

「いや、だって煽いでないと匂いがこっちにくるじゃない」

「チクショウ……」

魔法少女暗殺計画

『スノーホワイト育成計画』の
すぐ後のお話です。

初出

本書のための書き下ろし

◇スノーホワイト

薄暗い路地の奥、ブロック塀に頭を向けて制服姿の少女が俯《うつむ》いていた。

少女は肩から掛けた帆布のポシェットに手を入れて中をかき回している。「見つからない」「どうしよう」と繰り返し呟き、ポシェットの中を探り続けていた。街灯が辛うじて差し込む夜の住宅街には人通りも無く、少女を助けてくれる者はいない。

スノーホワイトは鼻で静かに息を吐き、濡れた障子紙の上を歩くように、そっと足を運んだ。足音を殺して少女の背後から近づく。あと三歩で肩に手を置けるというところで腰に提《さ》げた袋に手を入れた。取り出した武器《ルーラ》を返し、石突きの部分を少女の白い首筋に向けて突き入れる。悲鳴をあげて少女が膝を折り、ポシェットを取り落とした。

ポシェットの中身が零《こぼ》れ出る。ペン、ハンカチ、ポーチ、メモ帳、スマホ、なにかの鍵――そして黒っぽい金属塊が、ガラ、ガラン、とアスファルトの上に転がった。デフォルメが多分にかかったユーモラスなデザインではあったが、拳銃だ。

少女はふらつきながらも拳銃に飛びつこうとした。スノーホワイトも反射的に動いたが、僅かに少女の方が近い。

渡してはまずい、という心の声が聞こえる。

少女の手が拳銃に触れた。

絶対渡すわけにはいかない、という心の声が続く。

必死に足を伸ばす。少女の手諸共に拳銃を蹴りつけ、弾き飛ばした。手の甲の骨が折れる感触と押し殺した悲鳴をブーツ越しに感じる。相手は魔法少女だ。気持ちの悪さを飲み込み、武器を振りかぶった。目の前の頭頂部に柄《え》を叩きつける。少女は今度こそ意識を失い路上に打ち倒れた。心の声も聞こえてこない。

意識を失った少女は変身を維持できず、魔法少女の身体が人間に戻っていく。背中までかかる艶《つや》やかな黒髪は茶色のショートボブになった。服装に変化はなく、制服のままだ。魔法少女に変身してから近隣の中学校で使用されている制服に着替えたのだろう。

スノーホワイトは少女の身体を持ち上げようとし、半端《はんぱ》な姿勢で静止した。このまま触ってもいいものだろうかという疑問が兆《きざ》す。もう少し警戒すべきなのかもしれない。まさかの反撃があってもいいようにしておこう、と素人《しろうと》ながらに考えた。

爪先を少女の身体の下側に差し込み、ひょいとひっくり返す。顔立ち、体つきは二十代半ばといったところで高校の制服が仮装にしか見えない。

少女――ではなく、女性の身体をきつく縛り上げて袋の中に放り込んだ。ポーチとその中身も袋に放り入れ、最後に、側溝の際《きわ》まで蹴飛ばされていた拳銃を拾い上げた。

空気を詰めた風船のように丸っこく、墨汁《ぼくじゅう》で塗り潰したように黒く、表面には蛇の装飾が絡みついている。リボルバー式で、中には魔法の弾丸が装填されていた。

弾丸が命中した物体を石化させる。生物無生物を問わずガチガチに固まって、石の像が出来上がり、当然息の根は止まる。シンプルでわかりやすく殺傷力が高い。

手に持った拳銃が小刻みに震えている。スノーホワイトは腹に息を溜めて「ふん」と力を入れた。手の震えが止まった。拳銃も動かなくなる。

性能まで把握できたのは、『拳銃を奪われて自分に使われること』を相手が無意識に想像したからだ。受動的に声を聞くだけでなく、自分からワンアクション起こして敵の声を聞けばより多くの情報を手に入れることができる。ただしワンアクション起こすだけでも息切れしそうになり、声が聞こえれば息切れどころか息が止まりそうだ。フレデリカの時も、今回も、聞こえてくる声は例外なく恐ろしい。心が折れてしまいそうになる。

この拳銃の持ち主は人を殺すことで金を稼いでいる。スノーホワイトが善良な魔法少女であると思っていて、困った人間のふりをしていればどこかで引っかかると釣り糸を垂らしていた。引っかからなければ、徐々に目立つよう騒ぎを大きくするつもりだった。その際、街の人達を巻き込むことには躊躇《ちゅうちょ》も罪悪感も無い。

人の命を将棋の駒くらいにしか考えない魔法少女は一人だけではない。拳銃使いをやっつける前にも一人、スノーホワイトを——スノーホワイトの首にかけられた高額の懸賞金を目的とした裏稼業の魔法少女を倒した。「魔法の国」関係の仕事で県外に出ていたリップルに連絡を入れると「すぐに戻るから隠れていろ絶対に戦おうとするな」と厳命された。

それは正しいのだろう。リップルに稽古をつけてもらったとはいえ、実戦経験は圧倒的に不足し、それどころか訓練さえまだ足りているとは思えない。フレデリカの時は上手くいったが、今回も同じように成功するとは限らない。半可通が玄人と戦うのは無茶だ。だが街が巻き込まれるというのなら逃げることはできない。リップルは身を案じてくれたが、誰かが傷つく、死ぬ、殺される、よりによって魔法少女に殺される、なんてことは絶対に嫌だった。もう一度腹に息を溜め、腰、膝から強く力を入れた。

スノーホワイトは顎を引き、視線を上げて曇り空を見た。心の声が聞こえる。ブロック塀から雁木《がんぎ》の上に跳び上がり、屋根から屋根を駆けて港南地区へ向かう。夜のN市で特に賑わう歓楽街だ。この時間帯は市内のどこよりも心の声が大きい。

心の声だけではなく、実際の声も聞こえる。眩《まぶ》しいくらいの光と人の群れ、それにアルコールと混ざりあう食べ物と人の匂い。かつてはカラミティ・メアリが支配し、他の魔法少女は立ち寄ることさえ許されなかった港南地区もスノーホワイトの管轄の一つになった。ビルを駆け上がり屋上へ、屋上から屋上へ跳び、電飾のまばゆい風俗店のビルから飛び降り、片膝をついて路地裏に着地した。顎を上げ、通りの方へ目を向ける。

立ち上がり、呼吸を整えながら路地の出口に向かった。ビルの間から差す仄《ほの》かな光に照らされて舞う砂埃の中、真《ま》っ直《す》ぐに歩き、一度足を止める。一帯の声の動きが不自然だ。スノーホワイトは拳に力を込めて自分の膝を一発殴り、呼吸を整え、意を決して大通りの明かりの下に出た。通りを行く人々の視線がさっとスノーホワイトの方へ集まる。

——来る。

近くにいたカラーシャツの遊び人風青年が伸ばす手の下を潜り、五十代半ば勤め人風のダブルのスーツが振るった通勤鞄をサイドステップで回避し、左右から無表情で押し寄せる背広の群れの眼前で膝から下だけを使って跳び、頭上を越えてガードレールの上に立った。全員身体能力は人間並、回避するだけなら難しいことではない。

心の声に耳を澄ませる。周囲一帯の人間は全員操られている。心の声が鈍く一本調子だ。狙っているのはスノーホワイト唯一人、我が身の安全など顧みず向かってくる。それとは別に、自分のことを心配している声がある。獲物を逃がさないように、自分の居場所が見つからないように、魔法のコントロールを精密に、一人で様々な声を発している。

背後から突き入れられた拳をトンボ返りで躱し、空中で周囲を確認、見える範囲の人間全員が自分に向かって走り出した光景を捉え、スノーホワイトは全速力で信金横の小道に駆け込み、遅れて自動車がガードレールを踏み越えて信金の壁に激突した。停止した自動車を乗り越えて表情のない人の群れがわらわらと押し寄せてくる。スノーホワイトは小道の途中でブレーキをかけた。逃げるのは素振りだけだ。こちらに向かう人の群れに向かって走り、飛び込む。人の手を、足を、身体をするすると避けた。数が多く、傷つけるわけにはいかないという縛りがあれど、リップル相手の組手《くみて》に比べれば楽なものだ。以前のスノーホワイトであれば、数の恐怖に足が竦《すく》んだかもしれない。しかし今は以前のスノーホワイトではない。勢いを殺すことなくエンストした自動車の下にスライディングで滑り込み、車体の下をすり抜ける。

逃げたり跳んだりしながら耳を欹《そばだ》て「自分の身を案じる声」の位置を掴んだ。他の声が動き回っているだけにかえってわかりやすい。一人動かずじっとしている。

身体を引き起こしながら加速、右手に持った武器と一体になって突撃し、車道を横断、向かい側の歩道にあったオブジェ――市長が有名な芸術家に依頼して作ってもらったとかいう代物――を武器の柄で貫き、影に隠れていた魔法少女の鳩尾《みぞおち》に石突きを叩きこんだ。

石の欠片が飛び散る中、刺さった武器はそのままに、素早くオブジェの裏側へ回り込む。驚愕の表情で頽《たお》れようとする少女の鳩尾に今度は膝で一撃を入れて意識を失わせ、頭頂部のアンテナを蹴り折った。これで「人を操る電波」を発することは当分できなくなった。縛り上げて武器と一緒に袋に入れる。

いかにして人間を盾にし安全な位置をとるか、いざ盾が潰されればどのように逃げ果せるかという彼女の――耳に入るだけで不愉快な――声は、もう聞こえてこなくなった。

窓の桟《さん》に爪先をかけてジャンプ、桟から桟へと飛び移り、屋上の鉄柵に立って見下ろした。魔法で「盾」にされていた人達は、自分が使い捨てにされようとしていたことも忘れ、もしくは気付かず「なにが起きた」「どういうことだ」と怒鳴り合っている。撮影目的でスマホを向ける者がいる一方、救急や警察に電話をかけてくれている人達もいるようだ。
止めていた息を纏めて吐き出した。まだ次が来る。ここで止まっているわけにはいかない。

スノーホワイトは鉄柵を蹴って宙返りし、背中側から飛来した薄い緑色の円錐状《えんすい》物体を回避、武器を回転させて襲いくる円錐を弾いて飛ばした。高さ三センチ、底の直径一センチ程度の小さな円錐が次々に向かってくる。十や二十ではない。パッと見だけでも百、五百、もっといるのではないか。視界内が円錐で埋まりそうだ。魚群を思わせる動きで追い縋ってくる円錐の集まりを、右に跳び、左に跳び、躱しながら走る。

一連の攻防でコスチュームの腹部分を僅かに削がれた。動揺を押さえ込む。足を止めない。円錐はスノーホワイトの動きについてくる。接触した鉄柵がズタボロに崩れ、飲み込まれたコンクリの壁が綺麗に抉られた。跳び、跳ね、避けてかわす。

スカイフィッシュが実在するならこんな感じなのだろうか。チョコ菓子かオブジェにしか見えない円錐が群れをなして宙を飛ぶという超現実的な光景に眩暈がする。

円錐の群れは攻撃の手を一旦《いったん》止め、空中に薄く広がった。うねり、時計回りで上空を旋回し、一部は速く、一部はそのまま、一部は遅くと、それぞれ速度を変化させていき、いつしか群れは五つに分かれていた。スノーホワイトは耳を澄まし、目を凝らし、一団の動きを注視していた。集団Aはスノーホワイトの前方、集団Bは後方、集団Cは右手、Dは左手、Ｅは真上とそれぞれ別の位置からスノーホワイトを目指して襲いかかった。

見た目がユーモラスでも魔法少女を一人殺すだけの殺傷力がある。半歩過《あやま》てば死ぬ。心の中の姫河小雪《ひめかわこゆき》が、怖い、怖い、と啜《すす》り泣く。リップルより遅い、リップルより弱い、リップルより怖くない、と叱咤《しった》し、スノーホワイトは動いた。右側に半歩跳び、そこで足に力を溜めて逆サイドへ駆け出した。左側からかかってきた円錐の群れが僅かに揺れる。

訓練と同じように動くことができている。いける、と柄を握る手に力を込めた。

群れ全体が動揺した一瞬の隙を突き、接敵直前でジャンプ、群体を跳び越えながら武器を振るい、刃をもって群れの後部一帯を薙ぎ払う。魂にヤスリをかけたような悲鳴が鼓膜を打ち叩き、スノーホワイトは着地後、左右に頭を振った。

円錐の群れは力なく地面に着地し、周囲の群れも同様に集まっていく。隙間を埋め、形を作り、煮崩れた人体のような形が徐々に正しい人型へと変化し、英字で埋まったロングＴシャツにジーンズ、薄茶色の二つ結びというどこにでもいそうな少女が倒れていた。

彼女が使ったのは、自分の身体を円錐状の物体に変化、同じ形同じ性能の複製を多数生み出し群体として動かすという魔法だ。

スノーホワイトは少女の襟首《えりくび》を掴んで引き起こし、縛り上げて袋に入れた。数百もの群体に本体は一つだけとはいえ「本体を攻撃されれば困るから目立たない位置につけておこう」という心の声が聞こえれば、攻撃すべき相手は丸分かりだ。

「スノーホワイト！」

次が来た。

かけられた声に振り返る。龍のような尻尾、角《つの》、メリハリの利いた肢体、騎士風のコスチューム、そしてなにより大きな剣。心臓が一際大きく跳ねた。かつて共に活動した魔法少女そのままの姿にスノーホワイトは顔を顰め、武器を手に身構えた。

「どうしたんだスノーホワイト」

スノーホワイトにはこう見えている、というだけのまぼろしだ。変身ですらない、攻撃したくない相手の姿を自動で見せているという子供だましの嫌がらせだ。こうくることは、心の声を聞いてわかっていた。本当にラ・ピュセルがいるわけではない。自分に強く言い聞かせた。わかっているはずなのに、身体が言うことを聞こうとしない。ラ・ピュセルの姿が刃先の前にまで迫っている。スノーホワイトは膝から下に力を込めた。

刃に手を伸ばしかけた魔法少女に向けて突きを入れ、命中寸前で相手が退くのに合わせてスノーホワイトも跳び退った。ラ・ピュセルの顔は驚きからいやらしい笑みへ歪み、姿が徐々に溶けて別の形に変化した。スノーホワイトは目を逸らすことなくそれを見ていた。ラ・ピュセルであるわけがない。もとよりわかっていたことだ。

「どれほどの強者であろうと一瞬くらいはぎょっとするものだが」

大きな剣は薙刀《なぎなた》になった。騎士風のコスチュームは戦国武者風に変化している。

「一切の動揺なく反撃するとは大したものよ」

花形のアクセサリーで飾り立てた薙刀をひゅん、ひゅんと二度振り、刃先をスノーホワイトに向けて突きつけた。スノーホワイトはそれに合わせて武器を振るい、構える。動揺も躊躇もあった。それを見せなかっただけだ。心の中の姫河小雪はまだ泣いている。

「ふふん……では、いざ尋常に」

「卑劣な騙し討ちが失敗したから仕方なく戦おうっていう人が『いざ尋常に』だなんておかしくないですか？」

武者少女の口角がくっと吊り上がり、頬当ての翼を模した部分がカチャンと鳴った。なにかをいおうと口を開きかけたところでスノーホワイトが突きを入れ、外され、連突き、切り返し、叩きつけるような強さで刃が振るわれる。千切れた鉄柵が、破片になったコンクリートが、露出した鉄筋が、次々に空を舞い、二人の間でぶつかり合う。

スノーホワイトの頭を飾る花飾りがパッと弾けた。首元のタイが切れ落ち、右腕の肘近くに亀裂が走って血がしぶく。心の声を聞きフェイントを全て無視、本命の攻撃のみに絞るも対処し切れていない。徐々に後退するが、敵は歩調を合わせて前進し、間合いを外さない。武器が強かに打ち叩かれ、取り落としかけたところへ脛を狙った払い、心の声を聞いて必死で回避したところを下段から顎先を狙って斬りつけられ、全力で仰け反って後方へ跳び、なんとか避ける。心の声が聞こえなければどこで死んでいてもおかしくはない。

死が迫っている。頭が心の声を処理し切れていない。吐き気が込み上げる。似たような得物を使っているだけに力量差は痛いほど実感できる。必要に応じて他人の武器を借り、今でも使いこなせているとは言い難いスノーホワイトとは違い、魔法少女として生まれた時から武器を持っていたという筋金入りだ。

突き、払い、返し、動きの一つ一つから、心の声よりも強く明確に鍛錬と戦闘経験が伝わってくる。相手より強くあろうという目的のために毎日鍛錬を続け、人助けなど馬鹿らしいと背を向けて一顧《いっこ》だにせず、頭の先まで戦いに浸かる、という生き方が目に浮かぶ。強く、速く、厚く、柔らかく、しなやか、経験豊富で心も強い。

そして、単純に強いというだけではない。隙を抉《こ》じ開けるために魔法を使う。

鎧武者の姿がふっと歪み、立ち消え、モノクロカラーの不思議の国のアリスが立っていた。身長はスノーホワイトと変わらないくらいなのに、極端に猫背なため視線が低い。隈《くま》の濃い目でじっとスノーホワイトを見上げ、予備動作無しで右手に握った道路標識を突き入れた。スノーホワイトはバックステップで後方へ逃げ、ブーツの踵に鉄柵が触れた。震えが鉄柵全体に伝わり、耳障りな音を立てる。白と黒のアリスは――本人は絶対にしないだろう――ねっとりとした笑みを浮かべ、道路標識を縦に振るった。触れてもいないのにコンクリートが割《さ》ける。アリスは鎧武者風の魔法少女に変化していた。

「やはり効かないか。不思議だな。普通はもう少し心が動くものだが」

相手は余裕をもって戦っている。スノーホワイトの弱さが相手に余裕を与えている。

「困っている人の心の声を聞く、と聞いていたが……どうも困っている云々に限らないように見えるが、どうだろう。違うか？」

力も技も経験も足りていない。ピティ・フレデリカと戦った時にも同じことを感じた。あの時はリップルがいた。今はリップルもいない。スノーホワイト一人だけだ。怖い。恐ろしい。逃げ出してしまいたい。でも逃げることはできない。なにもせず泣いているだけのスノーホワイトはもういない。いなくなった。奥歯を噛み締める。もう、後悔はしない。

「まあ、殺すまで戦えば嫌でもわかるだろう」

「無駄口を叩くのはやめませんか」

スノーホワイトの言葉に、鎧武者の魔法少女は頬当てを鳴らして笑った。

「そうだな、確かにその通り。いや失礼なことを」

「健一郎《けんいちろう》君と話す時もそんな感じなんですか？」

兜の下、頬当てに覆われた表情が一息で強張った。鎧武者の魔法少女は、スノーホワイトが蹴り上げたコンクリートの破片を慌ててかわす。その動きには先程まであった余裕が欠けている。スノーホワイトは武器を振るって追撃のコンクリ片を三つ飛ばし、そこから前に向けて全力で突っ込む、という素振りを見せてから逆方向へ走った。即ち逃げた。

乱れていた心の声が、茫然という状態を経てから一方向へ収束した。スノーホワイトへの怒りだ。短い罵り文句を口にし、真っ直ぐ追いかけてきた。

ビルからビルへ跳ぶ。重武装であろうと走る速度は敵の方が速い。徐々に声が近くなる。大切な人を出汁《だし》にして相手の心を揺さぶるというやり口がどれだけ有効なのかは吐き戻したくなるような気分と共に理解した。心の声を聞き、さり気なく名前を出しただけで敵は平常心を失ってしまっている。濃い殺意の塊になって追いかけてくる。

心の声が近い。ここが頃合いだ。丸型の貯水槽を蹴って雨樋《あまどい》を滑り屋上へ降り立ち、その場でカエルのようにぺたりと伏せた。直後、光条が走り、スノーホワイトは右へ転がる。鎧武者が薙刀を突き立てたがそちらも間一髪で回避、髪の毛が光線によって僅かに焦げただけで実際的な被害は無い。

罵声が飛んだ。隣のビルから一跳躍で鉄柵二つを跳び越え、人の頭大の光る球体を抱いた魔法少女が着地、コスチューム全体を飾り立てた半透明の小球体がぶつかり合って音を立てた。鈴の音《ね》のような軽やかな音に対し、表情はいかにも忌々《いまいま》しそうに歪んでいる。聞こえてくる心の声は、表情や罵声から伝わるものと大差ない。聞いていて楽しいものではなかったが、彼女の心の声がよく聞こえてきたおかげでここに誘導することができた。

コスチュームの飾りに比べて三回《みまわ》りは大きな球体を片手に抱え、魔法少女は大袈裟に肩を竦めてみせた。小さな球体が動きに合わせてぶつかり、また鳴った。小球体の下のコスチュームは紫色、そして頭を飾るリボンは緑色。まるで葡萄《ぶどう》だ。

「今のを避けるってどんな反射神経してんのよ」

鎧武者が突き立った薙刀を抜き、葡萄の魔法少女に向けてコンクリートの欠片を飛ばした。大きな球体から相次いで発射された光線が欠片を迎撃、一筋の煙に変える。葡萄の魔法少女は鼻を鳴らし、鎧武者の魔法少女は憤然と薙刀の刃先を向けた。

「貴様」

「なに？」

「手出しをするな。こちらの獲物だ」

「こいてやがんねえ。早い者勝ちに決まってんでしょ」

「早い者勝ちというならば先に見つけた者が優先されるべきだろう」

「バーカ！　先に殺ったヤツが総取りに決まってんだろクソ間抜け！」

「こいつは余計なことを知り必要のないことを口にした」

「勝手な都合吹いてんじゃねーよ五月人形が」

鎧武者が薙刀を立てて刃を上に向けた。球体がふわりと浮かび、葡萄魔法少女の前面を塞ぐように揺れている。スノーホワイトを含めて一辺が五メートル程の正三角形を作っているが、鎧武者も葡萄もスノーホワイトへの注意は薄らいでいた。

恐怖心を押し殺そうとしても限界がある。動かなければ自分の望む魔法少女になれないまま死ぬ、という更なる恐怖心を注いで身体を動かすための燃料にする。心の声、視線、手足の動き、全てを材料にして自分の勝ちに繋がる細いルートを探す。

二人の間に高まった緊張が弾けようとする寸前、スノーホワイトは後ろへ跳んだ。左手は武器の柄を持ち、右手は袋の中に突っ込んでいる。

──……ここだ。

鎧武者はスノーホワイトの方へ駆け出し、同時に大きな球体が飛んだ。

飛びながら形が変わる。球体が膨らみ、歪み、先端をつんと尖らせた。形作ったのは柔らかそうなハートマークだ。変形しながら光が集まっていく。鎧武者が空中で向きを変え、身を捩った。スノーホワイトは袋の中から取り出した消火器のピンを抜く。

「潰れあたしの恋心《ブレイジング・レイ》！」

叫んだ。光った。スノーホワイトは一帯に白い粉末を振り撒いた。なにかがぶつかる音が伝わる。押し殺した悲鳴に甲高い叫びが続く。焼け焦げる匂いが立ち込める。

時間が止まったように音が聞こえなくなった。スノーホワイトは息を殺してじっと待った。粉が散る。晴れていく。

視界一面を塗り潰していた白色が薄れ、二人の魔法少女が現れる。

一人は倒れている。腹に鎧遠しが突き立っていた。呻きながらも刺された箇所を両手で押さえて出血を押し留めようとしている。葡萄の魔法少女だ。ハートマークだった物体は元の球体に戻り、力なく転がっている。色は味気ない灰色だ。

もう一人は立っていた。斜めに傾《かし》ぐという倒れる寸前の姿勢ではあったが、それでも立っていた。全身のそこかしこから黒い煙を棚引かせ、鎧は煤《すす》け、右の肩当てに至っては溶けている。当然肉体が無傷というわけにはいかず、見える部分だけでも相当に火傷を負っているようだった。心の声は悲鳴に近い。

それでも歯を食い縛り、倒れはしない。鎧武者の魔法少女はスノーホワイトに向かって薙刀を構えようとし、眉根を寄せた。戸惑っている。当然だ。スノーホワイトは真っ白な消火剤の中、取り出した「透明になる外套」を羽織っていた。

そして、もう一つ。

スノーホワイトは外套の下で黒く丸っこい拳銃を構えていた。銃口を敵へ向け、蛇の装飾に指をかけて支える。引き金を引いた。発射音とほぼ同時に鎧武者が動き、身を屈めて左手を顔面の前に翳《かざ》す。全部で五発の弾丸は手甲と胸当てに止められた。

不可視の敵から発砲され、音に反応して動き、それでも間に合う。そういう種類の敵だ。撃っても対処される、殺すことはないと理解していたからこそスノーホワイトの指は引き金を引くことができた。流れるように拳銃を捨て、武器を手に取る。

鎧武者はコンクリートを潰して踏み込み、渾身《こんしん》の一撃を振り下ろそうとした。

が、石化した鎧が動きについていけず、砕けた。パラパラと石の粉が散る。手甲が剥《は》がれた。胸当てが割れる。唐突に重心が変化し、バランスが崩れる。しかし、それでも薙刀を取り落とすことはない。一呼吸溜め、薙刀を振るった。

脳天に向けて振り下ろされた刃を見上げながらスノーホワイトは半歩退いた。斬撃の余波だけで透明外套が縦に切り裂かれ、額から血がしぶき、千切れた髪が数本宙を舞う。あと数センチ、踏み込みが深ければ顔面を斬り割られていただろう。だが、数センチ踏み込むためにはあまりにも体勢が崩れていた。

スノーホワイトは面打ちを空振りさせ、回避運動の中で武器を払い、踏み込んだ相手の脛を斬った。焙《あぶ》られ疲労していた脛当てを斬り割り、一撃は骨まで達した。

打ち込みをすかしての脛斬りは敵の心の声から学んだ技だ。普通なら知ったばかりの技術をぶっつけ本番で使って成功するということは無かっただろう。待ち伏せていた球体使いの魔法少女、透明外套、魔法の拳銃、心の声が聞こえるという魔法、リップルとの訓練、フレデリカとの戦い、全てぶつけてようやく数センチ稼ぎ、当てた。

武器の刃を返し、前のめりに倒れた相手の後頭部に向けて一撃、二撃、三撃、兜の上から叩き続ける。心の声が聞こえなくなって、スノーホワイトはようやく乱打を止め、武器を引き、屋上に突き、寄りかかった。自分の足だけで立っていることが辛かった。だがまだ倒れてしまうわけにはいかない。

心の声が聞こえる。猛スピードでこちらに向かってくる。声の方を向く。ビルの上を跳んでくる魔法少女の姿が見えた、と思った時には既に目の前にいる。恐ろしく速い。

魔法少女は鋼鉄で作られた二本一対の扇を腰に提げていた。温度が全く感じられないくらいに眼が冷たい。見られているだけで心が底冷えし、足元から震えが走る。立ち居振る舞いに全く隙が無い。今戦っても絶対に勝てない相手だな、と一見で確信した。

扇の魔法少女は一歩、二歩と近寄り、残り二メートルという三歩目で足を止めた。走ろうと歩こうと身体全体の均整がとれている。心の声も落ち着いたものだ。

「監査部門のファン・リート・ファンです。襲われている、ということでしたが」

リップルが知り合いの伝手《つて》から監査部門というところへ通報、駆けつけたのが彼女である、ということが心の声から伝わっていた。スノーホワイトは深々と息を吐き出した。腹に突き立った刃を押さえて呻く魔法少女、ぼこぼこに兜をへこませて伏せる魔法少女、と相次いで視線を動かし、スノーホワイトは腰の袋に目を落としてぽん、と叩いた。

「この二人だけではありません。他に四人います」

もう少し早く来て欲しかった、という言葉は思っても口に出さなかった。通報する当てさえなかったクラムベリーの時に比べれば、千倍も一万倍もマシだ。

複数の円錐に変身する魔法少女、人間の心を操る魔法少女、拳銃使いの魔法少女、と変身を解除している彼女達を袋の中から出していき、最後に上下ジャージの少女を引き出した。この少女——魔法少女だった時は熊のような獣耳が生えていた——が、発端だ。

大熊に変身した彼女によってスノーホワイトが襲われ、なんとか撃退、心の声を聞くことでスノーホワイトに懸賞金がかけられていると知って県外のリップルに連絡を入れた。

「連行する前に応急処置程度でいいから治療しなければ危ないです。そういった魔法は？」

「魔法は使えませんが、魔法の救護キットを持ってきています」

「手伝います」

「まずはあなたの治療を」

「わたしは大丈夫。お腹を刺されている人が一番重症です。そちらから」

開いた口からふっと息が漏れた。自分よりも傷ついている誰かを優先させた。今日、初めて魔法少女らしいことを口にできた気がした。

誰かを後ろから殴りつけるのも、自動車が追突するとわかっていて放っておくのも、ビルの中に人がいると知りながら戦いの場にするのも、ラ・ピュセルやハードゴア・アリスの姿に攻撃を加えるのも、他人の大切な人を使って心を乱すのも、魔法少女の肉や骨を刃物で斬るのも、殺し合いをするのも、なにもかも、やりたくないことだった。魔法少女のすべきこととは思えなかった。それでもやらなければならなかった。これからもやらなければならないことだ。

ピティ・フレデリカと戦う前より、戦った後の方が強くなったような気がした。今日も戦う前より戦った後の方が強くなった気がする。気のせいかもしれない。しかし気のせいではないかもしれないのならば、まだ戦わなければならない。

驚きの声が聞こえ、隣を見た。ファン・リート・ファンは表情を変えていなかったが、心の声まで消してしまうことはできない。スノーホワイトは呻く魔法少女の手足を押さえつけながら首を傾げた。

「なにか驚くようなことがありましたか？」

唐突なスノーホワイトの言葉に多少鼻白《はなじろ》みながらもファンが顔に出すことはなかった。大したことはない、というポーズを崩すことなく静かに答えた。

「いや……名の知れた無法者がいるので、少々」

「名の知れた？　そうなんですか？」

倒れた魔法少女に目を走らせ、ファンは頷いた。

「ライカニス、ヘッドショッ子、メルン、ムレーナ……華刃御前《かじんごぜん》、A級焼女《しょうじょ》。監査部門の魔法少女なら名前を聞くだけで『あいつか』と思うような連中ばかりです。反体制派のメンバーに魔王塾のドロップアウト組までいる。魔法少女狩りと聞いても半信半疑でしたが」

「魔法少女狩り？」

ファンは一瞬だけ眉間に皺を寄せ、すぐに元の無表情に戻った。しかしどう取り繕おうとスノーホワイトには心の声が聞こえている。取り調べ中のピティ・フレデリカが使った魔法少女狩りという言葉が監査部門でどのように噂されているのかも聞こえてくる。

そういうことなら見えてくるものもある。スノーホワイトの首に大金をかけて喜ぶ者がいるとすれば誰だ、と考えた時、ピティ・フレデリカを当て嵌《は》めると一番しっくりくる。戦わせ、強くする。魔法少女を狩る魔法少女「魔法少女狩りのスノーホワイト」と呼ばれ、悪い魔法少女達に恐れられる存在を作り上げる。

犯人がいるとすれば逆恨みしたクラムベリーシンパだろう、と考えていたが、どうやら違っていたらしい。捕まってなお影響力を及ぼすことができたのか、それとも捕まる前に手配していたのかはわからないが、フレデリカならやる、と思える。

血止めを受けている魔法少女「A級焼女」が苦しそうに呻いたが、ファンは相手の痛みなど一切構うことなく薬液で傷口を浸した。多少苦しめた方がいい、と考えているのは心の声が聞こえずとも伝わる。まずまず信頼できる魔法少女のようだ。

スノーホワイトは右手を外し、片手で魔法の端末を操作した。こちらは無事、監査部門の人も来てくれたと簡潔なメッセージをリップルに送信し、端末を閉じた。

「ファンさん」

「……なんでしょうか」

「わたしの殺害依頼を仲介したという魔法少女……闇サイトというやつを運営してお金を儲けていた、という人のことですけど」

仕事にあぶれた魔法少女を救うためという建前の元「魔法の国」の貴族から資金援助さ

え受けて作られたという就職斡旋ページは表向きのもの、魔法によって契約を結んだ有料会員にのみ開かれていたという闇サイトは、金で汚い仕事を請け負う魔法少女達の社交場と化していた、と聞いている。

「特定はできています。監査部門の総力をあげて追っています」

「まだ見つかっていないそうですね」

「……部門外の方にはお話しできかねます」

話を聞くことはできずとも心の声は伝わってくる。これまでも「魔法の国」の裏をかき続けてきた厄介な犯罪者だ。なにかと助けてくれるパトロンがいると噂され、逃げ隠れすることにかけては右に出る者がおらず、何度も監査部門に煮え湯を飲ませてきた。

「スノーホワイトさん」

「なんでしょうか」

呼びかけに顔を伏せたまま応じた。頭の中では、次にすべきことを考えている。スノーホワイトは「心ここにあらず」という態《てい》を隠そうとしておらず、それはファンにも伝わっていたはずだが、声の調子を変えることなくファンは続けた。

「結局のところ」

「ええ」

「魔法少女が有能だと見做《みな》されれば、危険な任務を押し付けられてどこかで転びます。転ぶのが嫌なら有能さを誇るべきではない。奥ゆかしく大人しくが職業魔法少女の基本です」

顔を上げた。ファンはこちらを見ようともせず、傷口にガーゼをぐいぐいと押し当てていた。スノーホワイトはしばらくそのままファンの顔を見、静かに頭を下げた。

「ご忠告、ありがとうございます」

「親切心からの忠告ではありませんから礼は不要です。大人しくするようにいっておけばあなたが無茶苦茶をした時に『私は窘《たしな》めてやったんです』と言い訳ができるでしょう」

返事はしなかった。ファンの親切心になにかいうのも無粋《ぶすい》な気がした。言葉に出さなかった分、押さえている腕に力がこもり、A級焼女が苦しそうに呻いた。

ファンの助言はもっともだったが、それでもスノーホワイトは自分のしたいことをする。「魔法の国」も監査部門も当てにならないのならば自分でどうにかするしかない。魔法少女狩り、という名前には嫌悪感しかなかったが、他に狩ってくれる者がいないならスノーホワイトがやるしかない。貴族の庇護下で逃げたまま、なんてことを許す気は無い。

ここまで考え、ふっと顔を上げた。遠くから心の声が聞こえた。リップルだ。ひたすらにスノーホワイトのことを心配している。申し訳なさを感じるとともに、口の端が僅かに緩んだ。

マジカルボーイズエレジー

『魔法少女育成計画』の物語が
始まるちょっと前のお話です。

初出

本書のための書き下ろし

◇ラ・ピュセル

ラ・ピュセルは魔法少女全般に対して敬意を抱いている。その思いは一魔法少女ファン岸辺《きしべ》颯太《そうた》でしかなかった頃から変わらない。サッカー少年がプロサッカー選手になったとして、偉大な先達《せんだつ》に長年抱いてきた憧れが一朝一夕に変化するわけがないのだ。加えて、同じ舞台に立ったくらいで調子に乗るような軽薄さは高貴な魔法騎士に相応しくない。

N市で魔法少女活動をするようになり、華やかなだけではない魔法少女の側面も知った。ロボットタイプの魔法少女「マジカロイド44」には役に立たないアイテムを押し付けられ小銭を巻き上げられたことが二度あった。マフラーにコートがトレードマークの「ヴェス・ウィンタープリズン」はB級映画趣味に付き合わせようととてもしつこい。オールドウェイブな魔女風の「トップスピード」はやたらと馴れ馴れしくボディータッチが多いため心臓に悪い。お姫様コスチュームの「ルーラ」は、たまに顔を見せたと思えば自慢ばかりだ。パジャマの魔法少女「ねむりん」は主《ぬし》の如くチャットルームに入り浸り、もっと働け活動しろとマスコットキャラクター「ファヴ」からせっつかれていることが多い。

それぞれ「魔法少女としてどうだろう」と首を傾げたくなる面があったものの、それでもN市魔法少女情報まとめサイトで彼女達の活躍ぶりを目にすると「やっぱり魔法少女《ほんもの》は違うなあ」と感嘆せずにはいられない。報酬を必要とせず、無私の精神で様々な問題を解決するのは古き良き時代の魔法少女そのものだ。人の目に留まらない活動も含めれば、市町村合併でだだっ広くなったN市全域が網羅されているといっても過言ではないだろう。

しかし、中には到底尊敬できない魔法少女もいる。

カウボーイ風の魔法少女がまとめサイトに登場する時、必ず暴力の匂いを伴っていた。蹴っていた殴っていた踏みつけていた土下座させていたなんていうのは優しい方で、いかにもな外見の男たちを引き連れていた、袖の下らしいお金を受け取っていた、空に向けて発砲していた、という犯罪者丸出しの報告が一つや二つどころではない。

N市きっての無法者「カラミティ・メアリ」の反魔法少女的行動はラ・ピュセルの美意識にかなうものではない。尊敬できるできない以前の問題で、個人の自由、魔法少女の多様性、そういったお為《ため》ごかしな建前で許していいものですらない。ただの犯罪者が野放しになっているだけだ。

だから、せめて一言意見してやるべきではないか、ということをチャットで発言すると、先輩達は口々にラ・ピュセルを諫《いさ》めた。

「やめろやめろ。ログの閲覧ができるようなチャットでいうようなことじゃねえって」

「危ないよ～怖いよ～恐ろしいよ～」

「まったくもってお勧めできないぽん」

「♪」

「どうしてもやるというのであれば、事の前に『マジカロイドに全財産を残す』という遺言書を残しておいていただけると嬉しいデス」

「くdsflkj、fごめん今うちのバカ犬がじゃれついてきて」

参加者の多い日を見計らい、一人くらいは賛同者がいるだろうと見越しての発言という計算高さがあったにも関わらず、見事に全員から反対された。修道女風のアバターは憂いを湛えた眼差《まなざ》しで俯き、黙って首を横に振った。ウィンタープリズンは真剣な面持《おもも》ちで「やめておくべきだ」とだけレスした。ラ・ピュセルには「余計なことをするな」といっているように思えたが、恐らく気のせいだけではないだろう。

ラ・ピュセルはチャット画面を睨みながら右拳を握り固めた。

心優しき修道女「シスターナナ」がカラミティ・メアリに意見しようと縄張りに踏み入り、ウィンタープリズンに守られながらどうにか逃げ果せたという話は聞いている。シスターナナはラ・ピュセルの師であり、ナナの相棒であるウィンタープリズンは戦闘面での師も同然だ。彼女の強さは知っていて、だからこそ追い払われて逃げて帰ったというエピソードは歯がゆい。自分がいればそんなことにならなかったはずという思いが少なからずある。ウィンタープリズンならきっと賛成してくれる、そう思っていたのに、制止された。

自分以外誰もいない鉄塔の天辺に腰掛け、ラ・ピュセルは自問した。

魔法少女でさえ手出しできない危険極まる無法者がいる。しかし危険だからという理由で手を引くのは正しいことといえるだろうか。気高き魔法騎士がすべきことだろうか。

チャットでは既に話題が変わり、マジカロイドがガラクタの売り込みを始めていた。

◇◇◇

魔法少女チャットから三日が経過した。午後五時、ラ・ピュセルは夕陽に照らされながらビルからビルへと跳んでいた。本来魔法少女活動が最も盛んになる時間帯は夜間から深夜にかけてだが、田舎の不夜城と呼ばれることもある歓楽街の城南地区ではかえって人が増えるだろうと判断、色々と思いあぐねた結果夕方を選択した。仮病で部活を病欠するというサッカー部員失格級の代償を支払ってのことである。

シスターナナという庇護対象がいたとはいえ、ウィンタープリズンでさえ逃げを選んだというのはただ事ではない。間違いなくカラミティ・メアリは強い。素行の悪さだけで恐れられているわけがないのだ。

ラ・ピュセルならばどう戦うか。相手はガンマンスタイル、当然飛び道具が主体になる。間合いを詰め、詰められなくても剣を伸ばして強引に詰め、武器を落とす。それができなければ壁なり地面なりを打ち叩いて石礫《いしつぶて》を飛ばし、弾幕にして敵に銃撃をさせない。

脳内シミュレーションを繰り返し「これならいける」と結論付けた。あまり格好良くはないが、最悪の場合、伸ばした剣を活用して退路を切り開くコースも選択肢に入れておく。これでだいたいどうにかなるはずだ。

と、一応はそういった想定をしているが、一番良いのは僅かでも改心してくれるルートである。説得のため予め用意しておこうと書き始めた文章は興が乗ったことで際限なく量が増していき、流石にこれくらいでいいだろうと打ち切った時には原稿用紙にしておよそ十枚になっていた。古今の魔法少女を例に出した魔法少女愛でいっぱいの大作だ。ソーシャルゲーム「魔法少女育成計画」によって本物の魔法少女になるプレイヤーは人並みならぬ魔法少女愛を持っている。カラミティ・メアリにも大好きな魔法少女がいるはずで、そこを突けば説得は成功する。

懸命な説得がメイン、しかし説得が失敗した場合にも備えて戦闘シミュレーションも頭の中で繰り返し、作戦成功への確固たる自信となった。この二段構えに隙は無い。夜にもなれば、N市に間違った魔法少女がいるという現状は是正されている。

高揚感が胸いっぱいに広がり、溢れ出ようとするエネルギーを少しでも放出できればと屋上を蹴る足に力を込めた。今はまだ浮かれてはいけない。勝負はここからだ。恐怖もせず、興奮もせず、普段通り、落ち着いて話を聞かせればいい。目的地である廃ビルの屋上に立ち、深呼吸をし、走らせた剣をピタリと眼前で止め、もう一度深く息を吸い、背中の鞘に剣を納めた。大丈夫だ。落ち着いている。いつも通りだ。いける。

扉に近付き、ノブを捻るとくるりと回った。鍵はかかっていない。カラミティ・メアリがアジトとしているビルにしては無防備だ。とはいえ廃ビルの屋上から侵入する空き巣もいないだろうから、悪者のアジトなんてものは案外こんな感じなのかもしれない。

扉を開き、それでも「失礼します」と声をかけて中に入る。中は踊り場ですぐ下に階段が続いている。メアリがいるとすればこの下だろう。声が異常に響く。まだ夕方だというのに深夜のように暗く、埃っぽい匂いが漂っている。一歩、踊り場に踏み入ると、カツン、と足音が大きな音を立て、思わず足を引っ込めた。心の中で三十数え、声に対する反応も、足音に対する反応も無いことを確認し、さっきよりは堂々と足を踏み出した。

やはり音が響く。ビルの中にメアリがいるなら既に察知しているはずだ。いつでも抜けるよう柄に右手を添えて歩く。緊張のせいか呼吸が浅くなっている気がする。意識して深い呼吸を心がける。階段の途中、コンクリートが刳《く》り貫かれているようなところがいくつもある。キラキラと光るなにかが垂れていて、よくよく見ればピアノ線だった。窓にも部屋の扉にも板と釘で封がしてあり、一筋の光さえ漏れてはいない。用途のわからない機械類がごちゃっと放り出されていて、思わず手を出しかけて触れる前に思い止まった。声はかけたが許可を得たわけではない。他人《ひと》様の家の物をみだりに触るべきではない。

元の姿勢をとって階段を降りていく。壁から外され、分解された火災報知器。立てかけられた脚立《きゃたつ》、本体ごと取り払われた電灯。塵取《ちりと》りと箒、それにまだ湿っている雑巾《ぞうきん》。一つ一つが不自然な配置に思えてならなかった。シスターナナとウィンタープリズンから聞いている印象とズレている。なにかの作業中、引っ越しか改装の準備をしているようにしか見えず、にもかかわらず誰もいないというのはどうしたことだろうか。

一階降り、二階降り、不自然さは依然拭《ぬぐ》われることはなく、メアリも現れない。部屋の入口も窓も全て釘と板で封じられている。どこにメアリはいるのか。それともいないのか。三階降り、四階降り、五階降り、降り続ける。いつ急襲があっても対応できるよう神経を高ぶらせて進んでいたせいで、今何階あたりにいるのかもわからなくなってきた。ビルの屋上から屋上へと移動し、侵入したのも屋上からだったため、ここが何階建てだったか確かめたわけではない。どこまで降りれば下に着くのかもわからない。

ひょっとしたら、もう引っ越した後だったのか。それともこれは罠かなにかなのか。張り詰めながらも曖昧なまま、小さなホールのような場所に出た。

これ以上上下る階段は無い。つまりここが一階ということになるのだろうか。

鎖と南京錠を使って厳重に封印されている大きな扉が正面に、そして等間隔で配置された窓、ホールからは左右に二本の通路が伸びている。

ラ・ピュセルはまず大扉を見た。南京錠と鎖で封じられている。最近出入りした形跡も無い。ということは、メアリがいるとすれば二本の通路どちらかの先になるのだろうか。通路の方へ向かいかけ、しかし、と、足を止めた。念には念を入れよ、だ。通路の方へ向かう前に、本当に施錠されているかどうかを確かめるべきだ。背後から襲われたなんてことになっては困る。ラ・ピュセルは南京錠を手に取り、持ち上げた。

　鎖がじゃらと鳴る音をけたたましいブザーがかき消した。ラ・ピュセルは弾かれたように周囲を見回した。慌てて南京錠から手を離すが、頭がおかしくなりそうな音の洪水は止まる気配を見せず、一層騒々しくがなり立てている。

「なにしてるのっ」

　声に反応して振り返ろうとし、がつんと弾き飛ばされた。ラ・ピュセルは転がり、慌てて上体を起こすと見知らぬ魔法少女が背を向けて立っている。なにが起こったのか。声をかけようとした瞬間、閃光が走った。白一色に塗りつぶされた視界が徐々に色を取り戻していく。魔法少女が身体を覆い隠すサイズの大盾――ハートマーク型でデザインは可愛らしい――を構え、そこから白煙が棚引き、焼け焦げるような匂いが漂っている。錠付き扉の表面が、バチバチと音を立ててスパークした。

「な、これ、えっ」

「罠だよ罠。ほら、逃げるよっ」

　ラ・ピュセルは引かれるがままに走った。手を通して伝わる肌理《きめ》の細かさに胸がざわめく。それだけではない。異常事態にあっても軽やかにそよぐ髪、魔法少女であるラ・ピュセルを引っ張る力強さ、鼻をくすぐるフルーツのような香り。頭にはリボン、背中には水鳥の羽を模した飾り、他に比べて妙に浮いているジャンパーを羽織っている。

チャットでおなじみのメンバーではない。まとめサイトの目撃情報でもこんな魔法少女を目にしたことはない。新しく誕生した魔法少女か、それとも別の地区からやってきた魔法少女だったりするのか。

――魔法少女……！

あっという間に通路を駆け抜け、金属製の壁の前で止まった。防火扉だ。シャッターのように通路を塞いでいる。壁にはパネルが設置され、ボタンの下からコードが伸びて廊下に直置きしてあるノートパソコンに繋がっていた。ノートパソコンは燃え上がる炎の形をモチーフにし、猫足付きでスケルトンボディーと妙に主張が激しいデザインだ。

魔法少女がキーボードを叩くとパソコンがぼんやり発光し始めた。苛立たしげにカチャカチャとタイプを続けるが、ぼんやりと光るまま特になにが変わるということもない。

「ああもう！　ブザーうるさい！　時間ないってのに！　扉開かないし！」

どうやら扉を開けようとしているらしいが、上手くいっていないようだ。

ラ・ピュセルは魔法少女の肩に手を置き、パソコン諸共に左手で押しのけた。抗議の声を聞きながら右手は剣を抜き放つ。ブザーが鳴り響く中、思い切り振り下ろした。天井に邪魔をされない二十センチサイズから一メートルまで伸ばして振り切り、天井、壁、諸共に防火扉を押し潰した。両断するつもりで振るったのだが、上手くはいかない。

「ナイス！　よし、行こう！」

走り出そうとした少女に今度は従わず、足を止めた。少女は焦った様子で振り返る。

「なにぼうっとしてんの！」

「流れで剣を振るってしまったものの……状況がよくわからないのだが」

「逃げるの！　すぐに怖いのが来るよ！　上から逃げてる暇なんてない！」

しっかと手首を掴まれた。肌と肌が擦れ合う。湿度が、体温が、脈拍が、肌を通して伝わる。ラ・ピュセルの口は次なる言葉を吐き出そうとしたまま活動を停止し、血が昇った頭はなにをいわんとしていたのか考えることさえままならない。謎の魔法少女に逆らうことができないまま埃を巻き上げて通路を走り、突き当りの窓に向かい二人揃って体当たりをした。予測されていたガラスの割れる音と衝撃は無い。なにも無い、ただの空間を突き抜けた。ガラスが外されていたのだ。ここから侵入したのか、それとも逃走ルートが予め確保されていたのか。どちらにせよ空き巣の手口だ。

ひょっとすると空き巣の片棒を担ぐようなことになってしまったのか。問い質《ただ》すにも未だ手と手が繋がれたままで、ラ・ピュセルは言葉を発することができないでいる。そのまま路上に着地、ラ・ピュセルは剣の柄に手を置いたまま周囲を見回した。

場所は裏道だ。大通りのように人で溢れているわけではないが、足を止めてビルを眺める者が何人かいる。ブザーのせいで人が集まりつつあった。勤め人風、遊び人風、ホスト風、学生風、複数のグループが、ある者は指差し、ある者は笑い、ある者は心配そうに、ざわついていた。ブザーの音に足を止める人達の間を縫って二人の魔法少女は走り、なにが起こったのか気付かれるより素早く一陣の風になって駆け抜けた。

ビルの陰から陰へ、なにを模しているとも知れないモニュメントを経由して裏通りへ、そこからトンコツの匂いぷんぷんのポリバケツでワンクッション置き、路地裏へ出た。

ブザーの音は遠い。が、まだ消えてはいない。

「まずいなあ」

魔法少女は件《くだん》のビルを振り返り、眉間に皺を寄せた。表情だけが大人びている。少女の見ている方へ目を向けると、見るからにカタギではない容姿服装の男達が怒鳴り合いながら集まりつつあった。殺気立っている。捕まれば大変なことになりそうだ。

「一般人相手に暴れてるところを狙撃とかいかにもやってきそうだよねえ。無視して全力で走れば痕跡を残す。人の目だってある。田舎って聞いてたけどなんでこんなに多いんだろう。目撃者多数じゃどこかで追いつかれそうだし、素直に逃がしてくれるような魔法少女……なわけないよねえ」

ラ・ピュセルに対して話しかけているわけではないらしい。ただ、独り言というには声が大きく言葉がはっきりしているから、聞かせているという自覚はあるのかもしれない。

「多少ドラスティックにいかないとダメかもしれないね」

手首を握る手にぐっと力が込められた。ラ・ピュセルの心臓がどくんと高鳴る。

「変身解除しよう」

反論する時間も余裕も無かった。ラ・ピュセルの脳はまごつき、相手が変身を解除したのを認め、反射的に従った。従ってから仕出かしたことに気付いたがもう遅い。

「えっ」

「あ、いや……その」

魔法少女の変身前と変身後の違いについては「作品による」としかいえないくらいの豊富なバリエーションがある。魔法少女育成計画というソーシャルゲームに関していえば、変身前がなんであれ変身後は美しい少女になる。身をもって知っている。

「君って」

「ちが、ええと」

謎の魔法少女は人間の少女に変化していた。髪の色は濃く、髪の長さは短くなっているし、顎のラインはシャープに、頬の柔らかさも薄らいでいる。魔法少女だった時は中学三年生くらいあった体格が、中学一年から小学校高学年くらいに縮んでいた。当然装いも地味になり、Tシャツにパーカー、ポケットの多いカーゴパンツとどこにでもいそうな格好だ。しかし「どこが」と具体的に指摘できるわけではないが、顔立ち全体にぼんやりと共通する部分があるような気がした。目鼻立ちは整っていて変身前後の違いに大したギャッ

プを感じない。相当な美形だ。

　驚きで目と口を大きく開いた少女は制服姿の颯太を上から下まで不躾《ぶしつけ》に眺め、颯太は口ごもりながら斜めに身を捩った。今更時間を戻せるわけでもないし、少女の記憶を消してしまえるわけでもないが、できることならじろじろ見ないでもらいたかった。

　ラ・ピュセルはあくまでも凛々《りり》しく王道を行く魔法少女であって欲しい。変身前が男子中学生であるなど色物もいいところだ。そもそも、美しい少女達ばかりの中に男が一人混ざるというのは背徳的というか変態的な感じがする。

　勢いに流されて取り返しのつかないことになってしまった。少女は二度三度見返してから「こういうこともあるんだなあ」と頷き、颯太の手を引いた。声まで変身前と似ている。

「まあ、いいや」

「いや、まあいいやなんてことは」

「詳しい話は向こうで」

　少女が行こうとする方向は今までとは逆向き、即ちビルの方だ。そちらから必死で逃げてきたというのに、なぜ向かわなければならないのか。颯太は足に力を入れて逆らった。

「そっちに行ったらまずいんじゃ」

「こういう時はね、逃げようとしてる方が目立っちゃうの。やり過ごすために変身解除したんだからのんびりすべきだよ。慌てて現場を離れるなんてかえって危なっかしいって」

いわれてみれば確かにそうかもしれなかった。少女は意外にも強い力で颯太を引っ張り、逆らうこともできず連れていかれた先は市内に何店舗かあるハンバーガーショップだった。少女はポテトとシェイクを、颯太はアイスコーヒーを——別に飲みたくはなかったが格好つけた——注文し、窓際の二人席に腰掛けた。恐らくはいつも通り、当たり前のような顔で人々が行き交う中、例の怖そうな男達が怒鳴り合いながら駆けていくという光景が窓の外から間近に見えた。肝を冷やしながらちらちらとそちらに目を送る。彼らは彼らでなにかに怯えているように見えたのは気のせいだろうか。

勢いよくシェイクを吸う少女を前に颯太は未だ混乱していた。どういうことなのか。彼女は何者なのか。自分はどう言い訳すべきか。それとも堂々としているべきか。考えれば考えるほど頭に熱がこもる。頭が熱いということは顔も赤くなっているだろう。手首を握られていたのだから体温や心拍も伝わっているに違いなかった。颯太の動揺が一から十まで知られているとなるとこれはもうどうしようもないかもしれない。

「ごめん、ちょっとトイレ」

一先ずは頭を冷やした方がいい、そう考えた。落ち着かなければ思いつかないこともきっとある。トイレに入るなり洗面台で顔を洗い、洗ったことを気付かれないよう紙タオルできっちり拭き取る。何度か深呼吸したが、トイレの中でやるべきことではないかもしれない。とりあえずトイレですべきことをしておくことにした。小便器の前に立ってファスナーを下ろし、どうしたものかと考えながら用を足す。

「早いとこ帰れるようになるといいねえ」

声をかけられ、隣を見た。さっきの少女がいた。

思わず仰け反りそうになったが踏ん張った。用を足している最中に動いてはいけないという大原則が自分の中で生きていることに感謝した。少女は便器の前で両手を前に回し、鼻歌を口ずさんでいる。堂に入ったものだ。明らかに慣れている。

「ほ、ホント……まいるよなあ」

「だよねえ」

身体の中に稲妻が駆け巡るような衝撃は、時間の経過と共に静まっていった。考えてみれば悪いことではない。女子高に忍び込んだ変質者と糾弾されるのも相手が女子であればこそだ。男同士ならば、むしろ相憐れむくらいのものでしかないし、年下の女子よりも年下の男子の方が相手をしやすく扱いやすい。なにせサッカー部で慣れている。

――それにしても……。

初めから男だと思っていた、という風を装ってはいるが、内心では驚きに驚いている。完全に女だと思っていた。こうなったからには疑ってはいないものの、物的証拠も無しに男だといわれても信じられるものではない。今思えば、手を引く力が強く、握り方に遠慮が無い――悪い言い方をすればガサツだった。肌に触れる指や爪も男といわれれば頷ける。

服装もオシャレにキメようという年頃の女子的価値観からは離れているし、実際男だ。

それでも勘違いをさせられた。見た目や顔立ちだけではなかった。後ろから見る歩き姿は内股気味で歩幅も小さく、緊急事態だというのにしずしずと歩いているようにさえ見えた。おしとやかで大人しく、颯太のイメージする「女子の歩き方」だった。

トイレを出た二人は元の席に座り、先程までよりも和《やわ》らいだ雰囲気の中で話し始めた。相手が男であるというだけでも緊張は薄らぐ。ツレションをした間柄というなら猶更だ。

「この辺の魔法少女……じゃないんだよな?」

「普段は全然遠いとこで活動してるよ」

「変身前が男って相当にレアって聞いたけど」

「実際レアだと思うよ。僕も自分以外で初めて見たもの」

「レア同士が偶然出会うなんて更にレアだけど……ていうかなにしてたんだ、あれ」

「それはこっちのセリフだけど。お兄さんこそなにしてたのさ」

「颯太でいいよ」

「僕は馨《かおる》」

名前まで女みたいなんだという言葉は舌の手前で飲み込んだ。会ったばかりの魔法少女仲間を怒らせて良いことは一つとして無い。

「今、名前まで女みたいだって思わなかった?」

思わずむせた。テーブルを汚したコーヒーの飛沫を拭き取り、馨の方を見るとなにが面白いのか笑っている。女性的な印象を受ける笑顔だった。

「いや思ってないって。そんなことよりなにしに来てたんだよ」

「ルール違反をしてる子がいるんじゃないかって上の方にタレコミがあったらしくて……って、僕自身のことも含めて他所でいっちゃいけないことになってるからここだけの話でお願い。仲の良い子にこっそり話したりってのもできればＮＧでね」

「ああ、うん。だいたいわかったから」

馨がいう上とは「魔法の国」のことだろうか。魔法少女の大元締め的存在としてそういうものがあるらしいと、ファヴが口を濁しつつ話してくれたことがある。

まあ、それはそうか、と納得できる。カラミティ・メアリのやっていることが噂通りだとするなら魔法少女を統括する組織が黙っているわけがないのだ。ラ・ピュセルが単独で動いたのは余計なことだったかもしれない。

「颯太君はなんであそこに？」

「その、悪いことしてるって聞いたから……黙ってるわけにはいかないかなって」

「上の方」に命じられて派遣されたプロフェッショナルそのものの馨に比べ、幼児のようなことしかいえない自分がただただ恥ずかしい。恥ずかしさと腹立たしさを紛らせるためにコーヒーを口いっぱいに吸い込み、少しむせた。

颯太の心境と裏腹に、馨は楽しそうに笑った。

「いいね！　すごくヒーローっぽい！」

「……そうかな？　自分でいうのもなんだけど、空回りっていうか」

「そんなことないよ。カッコいいじゃない、すごく。そういうの好きだな。僕の知ってる魔法少女なんて皆業界ズレしちゃってるからさ、正義感とかそういうので動かないもの」

「ああ、そうなんだ」

「いいね、いいと思うよ。騎士っぽいルックスもやっぱりそういうところから？」

「それはちょっと意識したかもな」

「魔法少女に変身できる男っていうのは変身後にあんまり違和感覚えないタイプが多いって聞くけど、あそこまで変わってるのはすごいよね。角に尻尾、髪の長さも全然違うし、アイシャドウもばっちり、それにお尻とかおっぱいとか大っきくて」

少女のようなあどけない笑顔で「お尻」「おっぱい」といわれてまたむせた。

「いや、うん……そういや馨は変身の前後でも割と感じが似てるな」

「そういう方が多いらしいよ。まあ、らしいってだけで実際知ってるわけじゃないけど。そもそも男が圧倒的に少ない業界だもの。自分以外で今日初めて見たし」

「珍しいっていうのはファヴ……ええと、マスコットから聞いてたけどさ、でも身体の使い方に違和感あったってことはないなあ。知り合いでロボットタイプの魔法少女がいるけど、変身前の性別に関係なくそっちの方が違和感ありそうじゃないか？」

「またすごいのがいるね……やるなあＮ市」

「ああ、やっぱロボって珍しいんだな。薄々そうじゃないかって思ってた」

二人は魔法少女について話した。時間帯もあって店の中は徐々に混雑していったが、二人の会話に耳を傾けている者はいないようだ。知り合いの魔法少女、テレビで見た魔法少女、とにかく話した。周囲の様子を窺いながら恐る恐る話していた颯太もいつしか前傾姿勢で熱中していた。

「馨の魔法ってパソコン？　それとも盾？　どっちも魔法のアイテムっぽかったけど」

「それは……まあ両方だね。人から借りた魔法のアイテムをそれなりに上手く使うことができるって魔法だから。持ち主ほどじゃないけど、それなりに」

「ふうん、そういう魔法なんだ」

「あれ？　あんまり驚かない？　けっこう珍しいかなって思ってたんだけど」

「いや、知り合いにさ、自分で作った魔法のアイテム売りつけてくる魔法少女がいてさ」

「……やるなあＮ市」

魔法についてだけではない。男子の身で魔法少女を愛することの難しさ。少女に混ざって魔法少女を続けることの気恥ずかしさ。気の置けない相手と見做してくれるのは嬉しいが、魔法少女達はあまりにも慎みが無さ過ぎる、もう少し隠すべきを隠して動いた方がいいのではないかという颯太の愚痴。なにかを企むのはいいけどギリギリまで黙っている秘密主義はいかがなものかという馨の愚痴。颯太はみこちゃんについて、馨はひよこちゃんについて、それぞれ魔法少女初視聴時の思い出を語る。キューティーヒーラーについての話にはついつい熱が入り、キューティーヒーラーギャラクシーのあるべきエンディングについて話し終えた時には馨が困ったような顔をしていた。心なしか椅子も十センチくらい後方へズレていた気がする。少し熱を入れ過ぎてしまったようだ。

ラ・ピュセルの設定と実際の活躍についても熱弁し、特に伸び縮みする魔法の剣については馨も食いつき、発動条件や使い勝手について細かく質問した。颯太は得意になって詳細に解説し、実際に見てもらった方がいいかもと窓の外に目を向けると暗くなっている。

気付くや否や立ち上がっていた。夜の城南地区で制服姿の中学生がだべっているなんて補導されてもおかしくはない案件だ。部活が終わったのに帰ってこない息子に母親も気を揉んでいるかもしれない。学校に連絡でもされれば部活をサボっていたことまで露見する。

恐る恐る窓の外に目を向けて通りの左右を確認した。その筋の男達はいつの間にかいなくなっている。歩いているのは学生風だったりサラリーマン風だったりだ。

「そろそろ時間かな」

颯太に続いて馨も立ち上がった。

「流石にもう大丈夫、だと思うよ」

「ああうん……だよな」

「今日は楽しかった。また機会があったら」

差し出された手を前に、一息入れてから握り返した。

「ああ、楽しかった……魔法少女についてこんなに話したの久しぶりだよ。また会おう」

握り返す手は力強く、しかし下半身は内股気味で動作も控え目で押さえがきいている。

少女と見間違えたことについても馨の容姿だけではなく仕草が大きかった、と今になってより強く思った。たとえ男であっても、否男だからこそ、普段から女性的な動きをとることで魔法少女に変身した後の違和感を失くそうというのかもしれない。

プロは違うなあ、と心の中でしみじみ呟いた。

◇小山内薫

颯太と別れてから二十分後、城南地区の西端に位置する小さな神社の石段中程に馨は腰掛けた。思わず溜息が漏れる程度には疲れた。颯太との会話はとても楽しく、颯太自身も「いいやつ」ではあったが、荷物のせいで動きに制約があり、どうにも息苦しかった。シャツの内側に巻き付けていたピアノ線、チェーン、鉄線、パーカーの裏に貼り付けていた鉄板、パンツのポケットからはリモコン、黒色火薬、睡眠薬、手榴弾、発火装置、スタンガン、その他諸々を取り出し、石段の上に並べて取りこぼしが無いことを確認し、小さな袋の中に全て詰め込んだ。これら全てに魔法がかかっているというのだから恐ろしくも素晴らしい。

ラ・ピュセルの乱入によって脱出タイミングが早まり、そのため収奪品が少々目減りしたものの、少なからぬ魔法の武器を入手することができた。警報装置やブービートラップを一つ一つ解除して進むという行程は苦労に塗れ、その後もてんこ盛りの収奪品によってせせこましい動きしかできず苦しい思いをしたが、甲斐はあった。N市には様々な魔法のアイテムを使う魔法少女がいると聞いてやってきたが、噂以上に大したものだ。

とはいえ、この街で行われている魔法少女試験の試験官は森の音楽家クラムベリーだと聞いている。魔王塾出身、あの魔王パムに一撃当てて卒業したという強者の中の強者だ。調子に乗ってより多くのアイテムを集めようとすれば試験官の目に留まりかねず、馨から芋づる式でレジスタンスが挙げられるようなことになれば目も当てられない。

横暴と強権への抵抗活動は密やかに行われなければならない。相手は得体の知れない「魔法の国」なのだから用心してし過ぎることはない。これで良しとしておくべきだろう。

ラ・ピュセルの剣もついでに、と考えなくは無かったが、話してみてその気は失せた。ああいった「良い魔法少女」をどうこうしてしまうのは――姉ならやるかもしれないが――馨の趣味ではない。本格的に「魔法の国」と対決することになれば、ひょっとしたら敵として現れるかもしれないが……しかし、味方になってくれないとも限らないのだ。

今度会った時はもうちょっと深いところまで話してみよう。そう思いながら袋を背負い、大股でのしのしと神社を後にした。

あとがき

書籍派の方には長らくご無沙汰をしておりました。アニメをきっかけに読み始めていただいた方々も――アニメから入ってくださる方は今もたくさんいらっしゃいます。ああ、ありがたや――その前からずっと読んでいただいていた方々も、随分気を揉んでいただいたことと思います。申し訳ありませんでした。お礼とお詫びを兼ねてレアな短編をお持ちしました。それだけでは不足しているかもしれませんので、以下に地獄サバイバル中で名前が出てきて以降のマイヤさんがなにをしていたのかを記しておこうと思います。

我らがマイヤさん、クラムベリーとはぐれて辺りを彷徨《さまよ》っていた袋井魔梨華《ワンダリングモンスター》と遭遇してしまいます。所持フラッグ一枚で旨味が無いくせに強いという最悪の敵を避け退避。が、今度はもるもるモルグと公爵夫人の戦いに巻き込まれてしまいました。超強敵同士をぶつけ合わせせつつ自身も粘りに粘って翻弄《ほんろう》しましたが惜しくも脱落と相成りました。しかしマイヤさんの奮戦に付き合い時間を費やしてしまったため、公爵夫人、モルグ共にポイントが足りず優勝を逃がしました。実はアルタイルの優勝に貢献していたことは本人も知りません。以上、中間発表以降のマイヤさんの動向でした。

ご指導いただきました編集部の方々。そして双龍《そうりゅう》パナースを本編に出すべきではないと熱く説かれたS村さん。ごもっともです。ありがとうございます。

マルイノ先生、素敵なイラストをありがとうございます。ラ・ピュセルとスノーホワイトの二人が一枚に収まるイラストを令和になってから見ることができようとは思いませんでした。こういうのもアリだな……と新たな門が開かれたように思います。

素晴らしいコメントをいただきました東山奈央さん、ありがとうございました。「魔法少女ってなんだろう」という言葉がスノーホワイトの声で完全再現されました。これからも魔法少女達の日常と戦場を描いていこうと思います。

そして読者の皆様、いつもありがとうございます。お買い上げいただくのみならず、感想とかイラストとかファンレターとかバレンタインのチョコレートとかをいただきまして、ありがたく血肉にさせていただいております。エネルギー濃度の高さは通常の食事を遥かに超え、創作家にエネルギー効率の悪そうな人が多いのはこのためかと実感しています。

ここに掲載できなかった短編も多く、その大半が現在も絶賛WEB掲載中です。まだそっちは手付かずだという方、連載クライマックスなbreakdownと一緒にお楽しみくださ い。詳しくは巻末の広告をご覧ください。

次のお話も鋭意制作中でございます。今度はそちらでお会いしましょう。

男の子ならではの積もる話もありましょう…
よかったね、そうちゃん!!

ありがとうございました!

本書に対するご意見、ご感想をお待ちしております。

|あて先| 〒102-8388　東京都千代田区一番町25番地
株式会社 宝島社　書籍局
このライトノベルがすごい!文庫　編集部
「遠藤浅蜊先生」係
「マルイノ先生」係

この物語はフィクションです。実在する人物、団体等とは一切関係ありません。

このライトノベルがすごい!文庫

魔法少女育成計画 episodesΔ
(まほうしょうじょいくせいけいかくえぴそーず・でるた)

2019年6月24日　第1刷発行
2024年3月27日　第2刷発行

著　者　遠藤浅蜊《えんどうあさり》

発行人　関川 誠
発行所　株式会社 宝島社
〒102-8388　東京都千代田区一番町25番地
電話：営業 03(3234)4621/編集 03(3239)0599
https://tkj.jp

印刷・製本　株式会社広済堂ネクスト

ISBN978-4-8002-9571-2

魔法少女育成計画「赤」
『魔法少女育成計画』から始まった
魔法少女スノーホワイトの物語、
ついに終幕へ！
遠藤《えんどう》浅蜊《あさり》
イラスト／マルイノ
このラノ文庫
定価890円（税込）